B

Raquel Castro

EDICIONES B

Dark Doll

Primera edición, noviembre de 2014

D.R. © 2014, Raquel Castro

D.R. © 2014, Ediciones B México, por la muñeca
Producción de muñeca: Brenda Hernández

D.R. © 2014, Ediciones B México, por las imágenes
Fotografías: Brenda Islas
Diseño: Víctor de Reza
Ilustración: Elizabeth Juárez

D.R. © 2014, Ediciones B México, S. A. de C. V.
    Bradley 52, Anzures DF-11590, México
    www.edicionesb.mx
    editorial@edicionesb.com

ISBN 978 - 607 - 480 - 714 - 1

Impreso en México | Printed in Mexico

A Alberto, mi triple eme: manager, mecenas y (a)morcito, porque sin él yo sería una partícula suspendida en el éter.

A Fabien, mi carnal del mal y mi asesor en materia de foto, fiestas e infracciones de la ley ;)

A mi papá, por tantas cosas que no acabaría nunca, pero que se pueden resumir en dos: su confianza y su paciencia.

La imagen inmóvil debe incitar con la
promesa de una historia que quien
la vea ansíe conocer.

Cindy Sherman

1

OÍ QUE TOCABAN LA PUERTA de mi cuarto pero me hice tonta y hasta me puse a canturrear lo que salía por mis audífonos. Era una rola de Faith and the Muse que ni me va ni me viene, pero el chiste era no hacer contacto con quienquiera que estuviera tocando la puerta, y que no podía ser más que una de dos: mi papá o mi mamá. La cosa es que como toda la semana andan fuera, el finde quieren que *convivamos*, o sea, que estemos como muéganos viendo películas cursis o de esas aburridísimas a las que mi mamá les dice *con mensaje*, o haciendo quehaceres que se le ocurren a ella en el momento o que se encontró en alguna de sus revistas.

La verdad es que después de pasar toda la semana sola, estar con ellos tanto tiempo me hostiga un montón. Llega el momento en que *necesito* ponerme los audífonos y escuchar mis cosas o en que de plano mataría por salirme a pasear al parque un rato. A veces puedo: les digo que necesito ir a tomar fotos, y como

saben que es mi hobby, hacen tantito drama tipo *Pero si es el único rato que podemos estar juntos* pero luego me dejan ir, con la condición de que regrese antes de que oscurezca. ¡Como si aquí en Puebloquieto pasara algo jamás!

Pero no es sólo que me aturda que hablen y hablen y hablen… También es que me enoja, caray, porque se nota que ni cuenta se dan de nada que tenga que ver conmigo, que su preocupación es de puro dientes para afuera, como dicen por ahí. Así, pues, evito al máximo la hora del mueganismo. Ahora mismo, por ejemplo, ya habían tocado dos veces más, y yo seguía canturreando, en esta ocasión una rola que en la vida había escuchado. Le piqué al reproductor para ver qué carambas era y leí que la banda se llama Speak of Silence. "Muy a tono con lo que necesito ahorita", pensé, y de inmediato supe de dónde salió: es del *Heavenly Voices*, una compilación gótica que me pasó por la red mi amigo RoT. "Te va a gustar, cuando la escuché pensé en ti", me puso al compartirme el disco, y yo sentí que me ponía roja. "¿En serio tienes un *crush* con tu amiguito cibernético?", me pregunté yo sola, y me reí, también sola, como mensa. En eso, justo cuando me estaba riendo, me di cuenta de que ya tenía a mi papá a un lado, con cara de víctima… y ni fingir que estaba haciendo tarea porque tenía abiertas la página del reproductor de música y mi perfil de Flickr, que es donde subo mis fotos. Antes usaba nada

más Instagram, pero ahí conocí a RoT y él me jaló para Flickr, que me gustó un montón. Él tiene cuentas en otras aplicaciones todavía más pro, pero pues lo mío es hobby, fotos que tomo con el cel, así que ni al caso. Y bueno, el chiste es que mi papá entró sin permiso a mi cuarto y estaba de mirón en mis fotos. ¡Argh! ¿Qué no le basta con que lo acepté de amigo en Facebook?

—¿Qué haces, nena?

Podría fingir que no lo oigo, pero no que no lo veo, así que me quité los audífonos y suspiré.

—Bajando unas fotos, pa.

—Es sábado, chiquita.

"¿O sea que qué?", me dieron ganas de preguntarle, pero nada más sonreí como si no entendiera.

—Vente para abajo, tu mamá quiere que le ayudemos en la cocina.

Ni caso tenía negarme: si le decía "Ahorita bajo", me iba a salir con eso de que "Ahorita es ahorita", que es una de sus frases favoritas. Así que le puse pausa al reproductor y me hice la nota mental de escuchar sin *shuffle* el *Heavenly Voices* en cuanto me liberaran del rato familiar: tantito porque sí sonaba bien y tantito porque me quedé pensando en RoT. Si es la mitad de guapo de lo que es interesante (es de esos sangrones que no ponen foto de perfil), yo sí me caso.

Mi mamá ya estaba en medio de la sala con su típica cara de impaciencia. Todavía ni terminábamos de llegar cuando se metió a la cocina y desde allí

empezó a decirnos que había leído un artículo sobre los bichos que se acumulan en los lugares que creemos que están limpios y con buenísimas ideas para combatirlos. Hueeeeeeva.

A mí me puso a lavar los platos limpios (¡limpios!). Según su artículo, hay que hacerlo cada mes que porque se llenan de polvo y ácaros y bacterias y qué sé yo. Pero claro, seguro esta fue la primera y última vez que se acuerda de hacerlo.

A mi papá le dio un trapo para limpiar todos los frascos de especias y ella se puso a revisar el laterío de la alacena para tirar todo lo que se había echado a perder porque en esta casa nadie cocina. Y, claro, en cuanto cada quién tuvo su tarea asignada, se pusieron a hablar.

—Cuéntanos cómo te fue en la escuela esta semana —dijo mi mamá.

Tuve que morderme la lengua para no decirle, así bien ácida, que ya llevaba dos semanas de vacaciones porque se acabó el año escolar y ellos ni en cuenta: no me han preguntado si pasé todas las materias, si me gustó esta escuela, si estuvo difícil cuarto de prepa... ¡Ni siquiera me han preguntado si ya sé qué quiero estudiar o a qué área voy a entrar! Obvio que si me preguntaran les diría que todavía falta un año para elegir área, ¡pero qué poca, ¿no?!

Respiré profundamente y nada más me encogí de hombros.

—¿Cuándo traes a tus amigos a la casa? —dijo entonces mi papá, así en su plan de buena onda.

—Ay, pa —le dije. Así, nada más.

Mi mamá le sonrió con cara de *Tenle paciencia*, como si la que estuviera mal fuera yo y no ellos, y como que en ese momento se le prendió el foco a mi papá.

—Yo pensé que a lo mejor aquí sí hacías amigos... —dijo.

—Pa, no inventes. Cuando entré ya nomás faltaban tres meses para que acabara el año, en una escuela donde todo mundo se conoce desde el kínder. Ni un día me dejaron de ver raro por cómo me visto y cómo hablo. ¿Sabes cómo me dicen? La Chilanguita Satánica. Ni siquiera tienen imaginación.

—Ay, hija, a lo mejor si te vistieras de colores claros... —empezó a decir mi mamá, pero le eché mi mirada 345, que se puede traducir como *Ni le sigas*.

Ay, mi mamá. El problema no es nada más mi ropa: aquí adonde nos mudamos, cuando sale el tema de que nací en el D. F. y que me encantaría regresarme para allá, empiezan las burlas y las críticas. Hay lugares donde son leves, pero otros donde neto tienen una chilangofobia que yo nada más no entiendo: ¿a poco de veras tooooda la gente que vive allá es jija? La respuesta es que obviamente no: me ha tocado conocer gente tarada, gente maldita y gente tarada y maldita en todas las ciudades donde hemos parado. Y me ha tocado también conocer gente padrísima. Y si quiero regresar al defectuoso no es

porque piense que fuera de la capital todos son inferio-res o alguna babosada así: es que me gusta ir al cine y a exposiciones y espero que cuando sea mayor de edad pueda estar en un lugar donde las fiestas no se acaben a las diez de la noche. Ah, y me choca la gente persig-nada que te critica por vestirte de negro o, como a la única chava a la que le hablaba acá en Puebloquieto, por ser gay (ella, Paloma, se fue a vivir con una tía suya a Estados Unidos, y pues perdimos el contacto: apenas convivimos dos semanas, así que ni tiempo dio de hacer-nos amigas).

Ignoré a mi mamá y me regresé a seguir hablando con mi papá, para que viera que en serio eso del atuendo no estaba a discusión.

—No me interesa tener amigos, papá. ¿Para qué, si de todos modos al ratito vas a salir con que tene-mos que irnos a otro lado?

—Para nosotros tampoco es fácil, corazón —volvió a meterse mi mamá, poniendo cara de mártir.

Sin que se dieran cuenta, la remedé arrugando la nariz, sacando la lengua y torciendo los ojos, antes de volver a ponerme seria y decirle:

—¡Pero si tú adonde llegas nada más preguntas dónde está el club, y listo! De todos modos, las seño-ras bien con las que te juntas son igualitas en todas las ciudades a las que hemos ido.

Mamá respiró profundo, dejó lo que estaba haciendo y me sostuvo la mirada, como cuando yo tenía cinco

años y hacía un berrinche. Nomás le faltó ponerse en cuclillas para quedar a mi nivel, pero es que ya estoy casi de su tamaño. Cuando no trae tacones, pues. No sé de dónde sacó eso, pero siempre que me regaña, *sieeeeempre*, desde que me acuerdo, así le hace: deja lo que está haciendo, se agacha a mi nivel y me sostiene la mirada antes de hablar según muy seria. Seguro lo leyó en alguna de sus revistas. Antes no me ha confundido con un ácaro.

—Isabel, eso fue muy injusto. No me voy a enganchar contigo, pero tampoco te voy a permitir que seas grosera. Vete a la sala diez minutos y piensa en lo que dijiste.

No me reí porque de verdad estaba de muy mal humor. Pero, ¿en serio, a la sala? ¿A pensar en lo que dije? ¡¿Diez minutos?!

Cerré la llave del fregadero y me fui al sillón, obviamente con mi celular. Le mandé un mensaje a RoT por Flickr, en una de sus fotos más chidas: "Gracias por el disco, está lo máximo". No me contestó luego luego, o sea que no estaba en línea. Lástima. Yo de todos modos me quedé viendo el mensaje recién mandado, como si mis ojos tuvieran el súper poder de obligar a RoT a agarrar su cel y contestarme. Cuando me di cuenta de que había pasado un minuto y yo en la lela, me puse a surfear entre las fotos de mis amigos.

Habían pasado siete minutos cuando mi mamá fue a alcanzarme y se sentó junto a mí.

—Entendemos que esto es difícil para ti, Isa, de veras, pero así es el trabajo de tu papá.

Eso lo sé. Mi papá es ingeniero y tiene que ir a un montón de lados porque allí donde abran una nueva planta de su compañía él tiene que ir a ver que todo esté como debe estar y blablablá. Así es desde que me acuerdo. En algunos lugares pasamos seis meses, en otros un año. Cuando él dice que la planta ya está lista para funcionar sin su supervisión, siempre lo mandan a otro lugar.

Y es una verdadera lata, porque las mudanzas son de absoluta flojera y, peor todavía, ser la nueva de la escuela apesta, y más cuando siempre te toca a ti ser la nueva, y en una de ésas hasta dos veces en un mismo año.

Antes yo trataba de adaptarme al grupo. No de hacer amigos, porque ya sabía que no me iba a quedar lo suficiente como para encariñarme con nadie, pero fingía que sí, y les hablaba a todos y medio me integraba, pero cuando empecé tercero de secundaria decidí que no tenía caso, y desde entonces ni me esfuerzo, porque la verdad es que todas las escuelas son iguales, así como los clubes a los que se inscribe mi mamá... No sé por qué se ofende de que se lo diga. Claro, en el club hay señoras buena onda que le dan tips y señoras mala onda que le tienen envidia (porque, lo que sea de cada quien, mi mamá está muy guapa y es chistosa cuando quiere), mientras que en la escuela,

sea la que sea y donde sea, nunca falta el *bully* que quiere molestarme por mi forma de vestir, el galancito que tiene colección de novias y piensa que me va a poder ligar para luego presumirles a sus amigos que hasta las nuevas derrapan por él, la chavita simpática que cree que necesito amigas y está dispuesta a incluirme en su círculo, la chava mala onda que cree que será más popular si me trata mal...

Siempre es lo mismo, aunque con sus variantes. Y también siempre se aburren de molestarme o de tratar de acercarse cuando ven que no tiene caso. Es que yo soy como esos detectives de las películas, rudos y cansados de la vida, que en todos lados ponen cara de *Cuando tú vas, yo vengo de regreso.*

Claro que tengo un truco. Obvio que no puedo estar sola en la vida; obvio que sí necesito tener amigos. Pero eso es un secreto que no dejo que conozcan mis papás, mis maestros ni mis compañeros de cada escuela a la que voy. Y obvio que tengo mis amigos... por internet. Como RoT, claro. Pero no iba a hablar *otra vez* de eso con mis papás, ¿verdad? Así que mejor le di el avión a mi mamá, me disculpé onda *lo-siento-mucho-no-sé-qué-me-pasó* y terminé de lavar los trastes sin decir ni una palabra más mientras ella hablaba y hablaba y mi papá le daba el avión.

Cuando terminamos, mi mamá propuso que cocináramos algo con lo que todavía servía de la alacena, pero luego cambió de opinión y pidió una pizza para

no tener que volver a lavar trastes (como si ella hubiera lavado alguno, ja).

Cuando subí con mi rebanada de pizza a mi cuarto, en la compu tenía mensaje de RoT. Sentí que el corazón me latía más rápido.

Algo nuevo siempre está cambiando
lentamente ante tus ojos. Simplemente
sucede.

William Eggleston

2

"TU FOTO DEL GATO en el parque está chidísima. Hasta le puse me gusta :D", decía el mensaje directo de RoT. No es poca cosa, ¿eh?, porque él no es de esos que ponen "me gusta" nada más por convivir. En los foros donde lo conocí tenía fama de súper sangrón y siempre opinaba bien manchado, pero sólo si le pedían su opinión. Muy pocos lo hacían, supongo que porque casi nadie aguanta que le señalen sus errores; pero como a mí me estaba interesando mucho aprender a tomar mejores fotos, una vez me armé de valor y le pregunté qué pensaba de una foto mía. Casi barrió el piso conmigo pero me dio buenos tips, así que le seguí hablando y pues luego nos hicimos amigos y todo, porque además de la foto tenemos otras cosas en común. Todavía ahora, que es menos grinch, él no habla mucho de su vida ni pone retratos de él ni se toma *selfies*, pero por la música que oye, los libros y las pelis que le gustan, y sobre todo por las fotos que toma, es obvio que está bien clavado en la onda dark, que es justamente mi

onda: ropa negra, *gothic rock*, vampiros (pero no de los que brillan, ¡por favor!), atmósferas oscuras y melancólicas, todo el paquete.

No sé cómo llegó él a esta onda, pero yo empecé cuando iba en segundo de secundaria, cuando vivimos casi un año en Monterrey. En mi salón iba una chava que debajo del uniforme siempre llevaba playeras negras y tenía un mechón azul en el pelo, aunque estaba prohibidísimo por el reglamento. Como el lugar junto a ella estaba vacío, ahí me senté, y desde el primer día que estuve me cayó bien. Se llamaba Susana, pero sus amigos le decían Suza. Bueno, todavía se llama así, pues: no se ha muerto ni nada, y seguimos hablando por Skype o chateando muy a menudo: fue la última vez que hice amigos en una escuela. El chiste es que nos hicimos amigas y casi todos los días me iba a pasar la tarde completita a su casa, y ahí conocí a sus otros amigos, me enseñó su colección de discos, sus revistas, sus pelis. Era una clavadaza del dark, igual que su novio, Carlos. Y a mí todo aquello me encantó: era como si de pronto lo que yo traía adentro tomara forma externa. Canciones que reflejaban exactamente cómo me sentía, o películas que se veían justo como yo hubiera querido que se viera el mundo.

Creo que ése fue el mejor año de mi vida y casi me muero cuando mi papá dijo que nos teníamos que mudar. Ya ni me acuerdo adónde nos fuimos de ahí, creo que

a Toluca o a Guadalajara, pero esa vez fue cuando dije "Ni madres que me vuelvo a encariñar con nadie". En mi siguiente escuela era yo la que llevaba las playeras negras debajo del uniforme, el iPod lleno de música electro, gótica y ambient, y no nada más un mechón de otro color: me pinté todo el cabello de rojo y sólo las puntas de negro. Mi mamá casi se infarta, y peor cuando en la nueva escuela le dijeron que, si lo llevaba amarrado, por ellos no había problema. ¡Muajajá!

Y también Suza fue quien me metió la idea de tomar fotos. Primero me dijo que yo tenía una visión súper gótica y que no debía desperdiciarla. Ella quería que me pusiera a escribir poemas, porque está más clavada con la onda de la literatura, y Carlos me decía que aprendiera a tocar algún instrumento, pero como yo prefiero estar camine y camine que sentadita, como que la escritura no era la mejor opción, y como mis papás y yo andamos como cirqueros de pueblo en pueblo, tratar de formar una banda iba a ser un rollazo. Un día les tomé unas fotos con el cel, nada fancy, y les gustaron un montón.

Chale, todavía los extraño mucho, y eso que ya pasaron... ¿cuántos? ¿Dos años? Dos años y tres escuelas. Mi vida apesta.

Pero no me voy a hacer bolita en un rincón y dejarme morir, ¿verdad? Sería demasiado fácil. Ya me imagino a mi mamá en su pose de híper mega ultra-víctima, qué horror. En vez de ponerme a llorar, cuando

me siento así, nostálgica, le mando un mensaje a Suza para que se ponga en el Skype y nos ponemos a platicar. A veces cada una está haciendo su tarea o leyendo algo, y tenemos el Skype conectado nomás para acompañarnos: "Oye qué curado está esto", me dice Suza y me lee un cachito de la novela con la que está; "Checa este video, está lo máximo", le digo yo y le pongo un link, o "A ver, Isa, fíjate en estas fotos para que nos tomes unas iguales la próxima vez que nos veamos", dice Carlos cuando está con ella (ah, porque siguen de novios, qué bárbaros: ¡es un buen de tiempo!).

Ya sé que no es lo mismo que estar físicamente junto a una persona, pero de veras que sería mucho peor estar dejando cachitos de corazón en cada nueva escuela con cada nuevo viaje de mi papá.

Estaba pensando en eso un poco como mensa cuando apareció un mensajito de RoT en el *messenger* del Face: "¿Ya te crees mucho porque le di *like* a tu foto?" Me reí tantito y le contesté: "Obvio no me creo mucho, soy mucho".

Luego le puse "Gracias :)" y empecé a escribirle un chorote acerca de lo importante que era su opinión para mí, que justo me sentía un poquito apachurrada y que saber que cuento con su amistad era lo máximo

y blablablá, pero justo antes de teclear el *enter* lo releí y me di cuenta de lo cursi que me estaba poniendo. Se iba a burlar de mí durante meses, así que mejor borré todo el choro y nomás agregué: "De veritas, gracias ;)".

Me contestó: "Nah, qué agradeces. Cuando no me gustan tus porquerías de fotos de iPhone te lo digo. Ya deberías comprar una cámara de a de veras". Y empezamos dizque a pelearnos así en el *messenger* del Face, yo diciéndole que era un sangrón y él que yo era una aficionada, pero obviamente no me enojé ni me sentí ni nada, porque así nos llevamos.

—Eso es un ligue tipo niños de primaria, ustedes todavía están en la fase *te-jalo-la-trenza-te-saco-la-lengua* —se burla Suza cuando le copio y pego mis chats con RoT para tenerla actualizada.

—Ps sí, pero ¿cómo voy a pasar a cualquier otro nivel si nunca me ha dejado ver una foto suya? ¿Qué tal que es un ñor tipo cuarenta y tantos años y que sabe de música oscura, no sé, porque vende discos pirata en El Chopo, o porque tiene un hijo de mi edad o algo así?

Cuando le digo eso a Suza nada más se ríe y le echa leña al fuego:

—¿Y qué tal que ni siquiera vive en el defectuoso? ¿O que ni le gusta la fotografía y todas ésas son imágenes robadas? A lo mejor se liga fotógrafas prometedoras para plagiarles sus portafolios.

—¡Bájale! ¡Como si mis fotos de teléfono fueran un portafolios! —le digo, y entonces ella me regaña: que si me falta seguridad en mí misma, que si debo apreciar mi talento, blablablá.

Pero al menos estoy casi segura de que RoT sí vive en el D. F. porque cuando postea desde su teléfono aparece que fue enviado desde tal o cual lugar, y sí son sitios que están por allá. En fin, tampoco es consuelo, porque no se me ocurre cómo ir a conocerlo: al D. F. sólo vamos a visitar a mis abuelos y estaría como en chino que pidiera permiso en uno de esos viajes para ir a ver a un amigo virtual. Mi mamá seguro se pondría de todos colores, si de por sí no le hace gracia que me la pase en la compu o en el cel y me ha hecho prometerle que no voy a agregar a nadie que no conozca en persona.

—Si necesitas más amigos en el Face, ¿por qué no añades a la hija de Rosalía? —me preguntó una vez.

Rosalía era su amiga del momento en el club de la ciudad del momento y la hija era como cuatro años más chica que yo, y pues ni al caso (además de que necesitar, lo que se dice *necesitar*, amigos en el Face, pues sólo para que manden vidas para los jueguitos, ¿no?).

—¿Y por qué no te metes en Facebook a uno de esos grupos de hijos de papás que viajan mucho? Me dijeron que hay varios y seguro tienes mucho más en común con ellos que con esos de negro con los que platicas —me dijo en otra ocasión, y lo único que consiguió fue

Raquel Castro

que la bloqueara para que no viera mi actividad en las redes.

Para ahorrarme problemas mejor evito hablar con ella de redes sociales, de tribus urbanas, de internet… Bueno, en realidad evito hablar con ella casi de cualquier cosa… y creo que ella ni cuenta se da.

Ah, pero tampoco es que nos odiemos ni nada así. Es sólo como si viniéramos de dos universos paralelos porque todo lo que a mí me parece bien, a ella le parece mal, y todo lo que a ella le parece padrísimo, a mí se me hace ñoño, cursi, impráctico o completamente absurdo.

Pero, claro, siempre podría ser peor: más allá de las críticas constantes, mi mamá me deja hacer más o menos lo que se me da la gana.

"Estás muy callada, Chilanguita Satánica, ¿todo bien?". La pregunta de RoT me sacó de mis pensamientos y, como siempre, me hizo reír.

Le respondí que en mal momento le conté lo de la Chilanguita Satánica porque ahora nunca me deja en paz. Justo le iba a platicar que andaba tristona, que me acababa de pelear con mi mamá y todo eso que estaba en el mensaje que borré, cuando otra vez tocaron a la puerta. Antes de que pudiera decir *Pase* o *Voy* o *¿Quién es?* o *No, gracias, no acepto propaganda religiosa* (esta

última es la que digo cuando me trato de hacer la chistosa y todos andamos de buenas en la casa), ya estaba adentro mi papá, justo como a medio día. Uff.

—Isa, baja tantito. Tu mamá y yo queremos hablar contigo.

El tono que usó fue el mismo de cuando nos avisaba que ya era hora de mudarnos a otro lado, así que sospeché que si querían que volviera a bajar no era para nada bueno, o por lo menos para nada que a mí me fuera a gustar. Traté de sostenerle la mirada y desvió los ojos hacia mi buró.

—Ay, hija, ¿por qué no pones una lámpara normal? —preguntó mientras observaba mi *lava lamp* como si fuera la primera vez que se topaba con algo parecido, todo por no verme a la cara. Típica señal de que estaba nervioso: a esa estrategia la llamo *Desvía la atención criticando a tu hija la rara*. Mi mamá y él la emplean a cada rato y siempre salen con que si mi ropa, que si mi pelo, que si mis cortinas negras…

Entonces, el muy cobarde, se salió de mi cuarto, aprovechando que yo me había puesto a mandarle a RoT un mensaje de "orita vengo".

Cuando bajé estaban los dos sentados en la sala, muy derechitos, tensos, tensos. "¿Qué, quién se murió?", les iba a preguntar, pero como mis abuelos ya están grandes mejor no hago ese tipo de chistes, no vaya a ser que en una de ésas le atine, así que nada más me senté ahí frente a ellos. Nuevamente traté de mirar a

mi papá a los ojos, pero nuevamente volteó para otro lado, fingiendo un ataque de tos más falso que los sorteos que todo mundo gana en el *mail* por ser la visita mil ocho mil millones de quién sabe qué sitio web.

Traté entonces con mi mamá, pero ella nada más me sonrió y me mandó un beso soplado, como cuando iba a verme a los festivales del día de las madres en el kínder. ¡Qué difíciles pueden ser! "Ojalá no viviera con ustedes", pensé. Sí, ojalá que fuera adoptada o que me mandaran a estudiar a un internado para magos en Londres o que mi papá se jubilara y decidiera irse a Me-Saludas-a-Nunca-Vuelvas con todo y esposa (pero sin hija, claro). Me salió con tantas ganas el deseo que hasta me espanté y fui yo la que no pudo sostenerles la mirada. No me había dado cuenta, pero estaba enojadísima con ellos, y ni siquiera sabía desde cuándo. Entonces salieron con su chiste, que me hizo enojar todavía más, muchísimo más:

—Hija, hemos estado discutiendo esto por semanas y... bueno, decidimos que vas a irte a vivir con tus abuelos Carmen y Andrés. Ya lo hemos hablado con ellos y están de acuerdo.

Fotografiar es retener el aliento
mientras todas las facultades se unen
para capturar una realidad pasajera.

Henri Cartier-Bresson

3

—**NO PONGAS ESA CARA**, Isabel, ¡ni que tus abuelos fueran monstruos! —dijo mi papá con el ceño fruncido.

Tragué saliva. No era que les tuviera miedo a mis abuelos: más bien que en realidad ni los conocía. Una cosa es visitar a alguien un fin de semana al año y otra vivir juntos, ¿no?

Para colmo, supongo que no es lo mismo irte a vivir con alguien en igualdad de circunstancias (como cuando te casas o compartes la renta con un *roomie*) que de plano llegar de arrimada a casa ajena. ¿Y si me ponían de su cenicienta a hacer el quehacer, darles las medicinas y todo eso? Me imaginé a mí misma sentada en el piso de su sala, a un lado del sillón de mi abuela, sosteniéndole entre las manos el estambre de su tejido por horas interminables, sintiendo cómo se acalambraban mis brazos y se congelaban mis piernas por estar en contacto con el suelo frío...

—¡Isabel, caramba!

El grito de mi papá me sacó de mis fantasías auto-compasivas. No era un grito de enojo, sino de nervios. Pensé que no estaba muy seguro de su decisión y que si le explicaba mi punto de vista entraría en razón.

—Pa, mira, yo creo que no es una buena idea: una cosa es andar como gitanos de un lado a otro, pero sabiendo que a fin de cuentas estoy con mi familia y que adonde lleguemos voy a tener mi cuarto, mi compu, mi internet y mi música, y otra es de plano llegar de arrimada —en ese punto frunció el ceño, así que corregí a tiempo—: digo, de *exiliada* en casa de alguien más. ¿Qué van a decir los abuelos, eh? Seguro van a pensar que no pueden criar a una adolescente ustedes solos, ¡y eso no es cierto! ¡Si son los mejores padres del mundo!

—Párale a tu carro, Isa —dijo en un tono que me hizo cerrar la bocota.

Él me miraba muy serio y mi mamá, sentada junto a él, tenía una sonrisita sarcástica. De acuerdo, a lo mejor *los mejores padres del mundo* sí es una descripción un poquito exagerada y ni ella se la iba a creer. Como seguían callados, aproveché para empezar de nuevo:

—Miren, yo sé que hace un ratito me porté muy nefasta, que no soy exactamente lo que ustedes quisieran, y que preferirían que me vistiera de rosa y tuviera mil amigos en cada escuela a la que me meten, pero les jurito que no soy mala bestia, que me puedo comportar y que trataré de ser menos nefasta y de vest...

—Ay, Isabel, ¡no seas dramática! —se impacientó mi mamá.

Me cayó pésimo que me interrumpiera a medio discurso, porque si yo se lo hubiera hecho a ella me habría puesto como chancla por faltarle al respeto y blablablá, pero no estaba la cosa como para salirle con mi onda de la equidad. Nomás cerré la boca antes de terminar de decir que trataría de vestirme menos de negro.

—Si no es un castigo, Isabel, al contrario —siguió mi mamá, ya más tranquila, pero muchísimo más seria de lo habitual—. De hecho, tú nos diste la idea.

—¿Yooooo? —me indigné—, ¿yo cuándo les dije que se deshicieran de mí, eh?

Mi mamá me volvió a echar su miradita de *bájale-dos-rayitas-a-tu-drama*, y cuando me vio bien callada prosiguió:

—Por años te has quejado de tener que andar de un lado a otro, y tienes razón: tantas mudanzas le afectan a tu desarrollo social, pero justo ahora es imposible que tu papá deje de viajar.

—De hecho, ahora es todavía más difícil —intervino él—: me acaban de nombrar director de operaciones de América Latina y tendremos que pasar al menos tres meses en Brasil y algún tiempo en Argentina, Colombia y Venezuela antes de que acabe tu siguiente año escolar.

Entonces me di cuenta de algo: seguro que no le habían dado el nuevo puesto durante ese rato que pasó

entre nuestro pleito y la hora en que entró a buscarme a mi cuarto. Es más: llevaban un rato diciendo "Ya lo hemos platicado", "Le dimos muchas vueltas" y así por el estilo. ¡Habían estado complotando a mis espaldas!

—¡Qué poca! —se me salió.

Los dos me miraron horrible y me corregí:

—Perdón, perdón. Es que… ¿por qué no nos vamos todos juntos a disfrutar de tu ascenso?

En ese momento me imaginé a mí misma bronceadísima, en corpiño, mangas de conjunto de mambo y falda con cola, feliz de la vida bailando en una línea de conga en el carnaval de Río. Obvio era una fantasía, porque en la vida real no me gustan las líneas de conga ni el calor, y ni loca andaría en la calle de corpiño, ¡y mucho menos bronceada! El chiste es que en mi cabeza todo era felicidad.

—Apenas ayer me lo confirmaron —mintió descaradamente—. Y, la verdad, queríamos resolver todas las complicaciones antes de decirte.

—Ay, pero ¿cuáles complicaciones? —le dije, todavía bailando conga dentro de mi cabeza—: tomo un año sabático de la escuela y a cambio gano puntos en cultura general. Luego regresamos, hago los exámenes de la prepa abierta, y listo, aquí no pasó nada.

La cara que pusieron los dos me sacó de la línea de conga.

—Creo que ya bastante solitaria eres como para quitarte la única interacción que tienes con la gente.

Me acordé de mis abuelos y sentí un estremecimiento.

—Bueno, entonces mamá y yo nos quedamos acá y te alcanzamos en vacaciones o nos visitas entre viaje y viaje...

De pronto, en mi cabeza, en vez del carnaval de Río estábamos mi mamá y yo en casa, las más unidas y las mejores amigas, recibiendo una caja enorme con un moño: un obsequio para nosotras procedente de Argentina, Colombia o de donde estuviera papá en ese momento. Pero la fantasía se me desinfló más rápido que la anterior porque mi papá ya estaba hablando:

—Ay, Isa, eso está descartado: tu mamá me ayuda con una de las partes más importantes de mi trabajo.

—¿Te ayuda en tu trabajo? —me les quedé viendo como si ahora sí se hubieran vuelto locos: ¿de cuándo acá leer revistas e ir al club es ayudar con el trabajo?

—Tu mamá se hace amiga de las esposas de los gerentes y directivos locales, y en un día en el club se entera de más cosas de las que yo podría saber en diez juntas —me dijo como si fuera lo más obvio de la vida.

¡Jamás hubiera sospechado que mi mamá fuera una espía! Me acordé de una película vieja en blanco y negro que vi hace poquito en la compu (me pasó la liga, obviamente, RoT) y que tiene de protagonista a una de esas actrices guapísimas y megaelegantes

de los treintas, Greta Garbo (hasta me aprendí el nombre: RoT es fan y habla de *la Garbo* tooooodo el tiempo). La peli era sobre Mata Hari, una espía enigmática y seductora de la Primera Guerra Mundial, capaz de sonsacarles a los franceses hasta el secreto mejor guardado para pasarle la información a su amante, un alemán muy mala onda que cuando la atrapan no hace nada por salvarla. Me acordé especialmente de una escena donde la Garbo baila así toda sexy mientras a los soldados franceses se les cae la baba y sentí un poquito más de respeto por mi mamá.

—¿Por qué crees que leo tantas revistas? —dijo, toda orgullosa de verme con la bocota abierta—. Entre un tip y un chisme, bajan la guardia y al rato ya me están revelando todo lo que sus maridos les cuentan.

Me le quedé viendo fijamente hasta que se sonrojó.

—Bueno, eso y que sí es cierto que me interesan los artículos de mis revistas —reconoció—, pero no tiene nada de malo.

—Pues no —admití, con todo y que me dolía darme cuenta de que la única inútil de la familia era yo y que realmente lo más sensato era que me quedara en México mientras ellos se daban la gran vida de Señor Director y Señora Espía Exótica.

El asunto es que no soy de las que se rinden tan fácil. Todavía me atreví a proponer una opción más que se me acababa de ocurrir:

—Oigan, ¿y si me mandan a Monterrey? Pueden rentarme un depa cerca de la escuela y la mamá de Suza podría echarme un ojo de vez en cuando.

Voltearon a verse uno al otro todos serios, pero en cuanto cruzaron la mirada se atacaron de risa, los muy jijos.

—¿Eso es un *jajaja-sí* o un *jajaja-no*? —pregunté, aunque ya sabía la respuesta.

—Isa, no estás en edad para vivir sola. Imagínate que te enfermas o hay una emergencia o que la escuela se pone difícil...

"Sí, claro. Seguramente mis abuelos me van a ayudar a buscar en el Rincón del Vago los resúmenes para mis tareas o en una emergencia se van a convertir en super- héroes", pensé. Entonces me acordé de otra cosa que apenas había estado pensando: "¿No que muchas ganas de vivir en el defectuoso? ¿De ir a museos, ver buenas pelis... conocer a RoT? Pues ni modo, a veces hay que hacer sacrificios", me dije a mí misma, un poco para hacerme tonta sola y fingir que lo de vivir en De-efe con los abuelos era decisión mía y no imposición de mis papás.

—¿Entonces, Isa, qué dices?

Tampoco se la iba a dejar tan fácil. Me encogí de hombros y musité que no tenía caso que yo opinara si de todos modos se iba a hacer lo que ellos quisieran. Pero les valió: lo tomaron como si hubiera dicho que estaba feliz de irme con los abuelos, todos sonrisas y abrazos.

—Verás que no te vas a arrepentir —dijo mi mamá, seguro imaginándose que me volvería la más amiguera del mundo nomás por quedarme más de un año escolar en una misma ciudad.

—Mis papás te quieren mucho —agregó mi papá, y me dio un beso en la frente como cuando tenía seis años.

—Chale, al menos disimulen tantito que se mueren de ganas de deshacerse de mí —dije, pero como ya estaba derrotada me salió con mucho menos acidez de la recomendable y lo interpretaron como broma—. ¿Cuándo ingreso al reclusorio?

—Chistosa —me reprochó en broma mi papá mi supuesto chiste—. En cuanto acabe tu año escolar. ¿Cuánto falta?

—Dos semanas —mentí, nada más por decir algo: tampoco era que fuera a extrañar Puebloquieto.

Esa noche soñé que mi mamá era la jefa de un equipo de espías, todas darketas, y que yo tenía que infiltrarme en casa de mis abuelos para descubrir un microfilm que resultaba ser un cassette de esos viejitos de música, y que entonces yo corría por la casa de los abuelos, que era enorme y llena de pasillos y cuartos secretos, mientras alguien a quien no podía ver me perseguía, cada vez más cerca, y yo sólo pensaba: "Si encuentro a RoT,

él seguro tiene un reproductor de cintas y podremos salvar al mundo". Aunque obviamente fue un sueño súper ridículo, desperté en la madrugada toda sacada de onda, sudando y temblando como si en mis sueños me hubiera perseguido una horda de zombis. Eso sí: ¡qué bien me veía de espía! Se me hace que voy a intentar un *look* dark cabaret, así, onda *los-años-treinta-conocen-a-The-Cure*. Pensando en eso me volví a dormir y cuando desperté en la mañana ya no sabía si era una espía que había soñado que se iría a vivir con sus abuelos o una pobre *loser* que viviría con sus abuelos y había soñado ser espía. Bueno, sí sabía cuál de las dos era yo, pero me encanta hacerme tonta sola.

Fui con mis papás, que todavía no se habían levantado, y les confesé que hacía casi tres semanas que se habían terminado las clases, que no me había ido a ningún extra y que, por lo tanto, nos podíamos ir con los abuelos ese mismo día si querían. Total, al mal paso darle prisa.

Hay muchas fotos que están llenas de vida pero son confusas y difíciles de recordar. La fuerza de una imagen es lo que importa.

Brassaï

4

EN LOS SIGUIENTES DÍAS tuvimos tantas discusiones que hasta perdí la cuenta. Empezaban como diferencias de opinión y se convertían en batallas campales donde terminábamos en todos contra todos. Por ejemplo, mi mamá propuso que nos quedáramos en un hotel mientras llegaba la hora de que me instalara en casa de los abuelos y ellos se fueran, y mi papá dijo que era poco práctico, que mejor nos quedáramos todos con los abuelos, para que yo me fuera habituando al cambio. Todavía no acababa de decirlo cuando mi mamá puso una jetota del tamaño de su revista *Cosmo* edición especial de moda y estilo. Como mi papá fingía no darse cuenta de su cara de disgusto, ella no se aguantó las ganas y empezó a quejarse, primero muy dizque racional:

—Va a ser más presión para Isa y tus papás se van a sentir como que los estamos poniendo a prueba.

Yo nada más me le quedé viendo con cara de *¿esquiusmi?*, porque su "argumento" no tenía ni pies

ni cabeza. Mi papá, en cambio, seguía haciéndose pato y le contestó como si nada:

—Al contrario, la transición va a ser más fácil, como cuando llevas a una orca a un nuevo parque acuático: si pasa un tiempo con su antiguo entrenador y con el nuevo, se adapta más rápido.

Ahí las dos pusimos el grito en el cielo, yo porque no me hizo nada de gracia que me comparara con una ballena y mi mamá porque está en contra del maltrato animal. Entonces me ofendí porque interpreté que me estaba diciendo animal (pues era a mí a la que estaban maltratando, ¿no?), y ella a su vez interpretó que yo apoyaba el cautiverio de animales. Nos tardamos como media hora en ponernos de acuerdo y concluimos que

1. las dos estamos en contra de que se maltrate a los animales;
2. el ejemplo de mi papá ni al caso, porque yo no tengo entrenadores sino *tutores*;
3. había que mandar una carta a cada circo y a cada parque acuático que tuviera espectáculos con animales para exigir que dejaran de hacerlo.

Estábamos en ese punto cuando mi papá nos interrumpió y nos dijo que iba a llamar a los abuelos para avisarles que nos quedaríamos en su casa y que no llevaríamos delfines ni osos amaestrados. Entonces las dos nos enojamos otra vez, ahora contra él, porque

no era chistoso que tomara a broma nuestra defensa de los animales y porque tampoco se valía que tomara la decisión unilateralmente.

Fuimos las grandes aliadas hasta que mi mamá cometió un error táctico:

—Además, ¿yo por qué me voy a ir a refundir a esa casa? ¡Si ya sabes cómo es de especial tu mamá!

Huy. Ahí se acabó nuestra sociedad. Admito que me puse como loca. Pero es que en ese momento me pareció la injusticia más grande de la vida: ¿por qué mi mamá no podía aguantar a mi abuela ni un mes y en cambio yo me iba a tener que quedar a vivir con ella dos años completitos? Al principio de esta nueva discusión mi papá y yo nos aliamos:

—No seas injusta, mi mamá no es un monstruo —dijo él.

—Y si tu suegra es un monstruo, ¿por qué quieres alimentarlo con tu hija? —reclamé yo.

Pero luego mi papá decidió que yo estaba insultando a su mamá, aunque le repetí como quince veces que yo había dicho un hipotético Y si es…, que no es lo mismo que A huevo es un monstruo. Y ahí se aliaron ellos dos: que cómo hablaba yo así, y peor, que cómo hablaba así enfrente de ellos; que necesitaba urgentemente algo de disciplina y que justo eso me iba a recetar la abuela:

—Porque si crees que vas a hacer a mi mamá como se te dé la gana, como nos haces a nosotros, estás muy equivocada —remató mi papá.

—¿O sea que sí es un monstruo? —le pregunté con mi mejor cara de *no-rompo-un-plato*. Y con eso empezó el siguiente *round*.

Como ese pleito tuvimos un montón más, por cosas de lo más absurdas: ¿me llevaría todos mis muebles o los dejaría en una bodega?, ¿se llevaría mi mamá toda su ropa o se compraría nueva?, ¿me inscribirían en la escuela que eligieran mis abuelos o la escogerían ellos? Este último fue un pleito más largo y tedioso, porque ahí sí tenía que ponerme yo súper necia: si yo iba a pasar ahí dos años enteritos, mínimo que fuera un lugar chido.

—Tenemos que escoger una escuela donde te codees con gente que te impulse y te inspire —dijo mi mamá, así, tal cual. Ni siquiera trató de decirlo con sus propias palabras.

—Mamá, si me vuelven a meter en una escuela fresotota como la de Querétaro, la de Puebla o la de Guadalajara, yo creo que sí me mato.

—No digas eso ni en broma, Isabel —dijo mi papá, cruzado de brazos y con el ceño fruncido. O sea que en serio le molestaba. Así que yo obviamente le respondí:

—Me mato me mato me mato. Me-ma-to. Meeeeee-maaaaaa-toooooo.

—¡Isabel, párale! ¡Pareces niña chiquita! —se desesperó.

Regla número trescientos cuarenta y ocho mil quinientos: nunca le demuestres a una persona jodona

que realmente te desesperó, porque lo más probable es que lo use para seguir molestándote. Aplica con hijos jodones, como yo, pero también con papás y mamás jodones. ¿O de dónde creen que lo aprendí?

—No es broma, papá. Te juro que si me meten a una escuela de monjas o de ésas donde toda la gente habla como si tuviera migajón en la boca, me corto las venas con un boleto del metro.

Mi mamá me echó una miradita de *ya-párale* y los tres nos quedamos callados. Fue en ese punto cuando a mi papá se le ocurrió que mis abuelos escogieran la escuela.

—¡No inventes, pa! ¿Con qué bases, si ni me conocen? ¿Qué tal que escogen una escuela para genios y trueno, o una escuela para mensos y también trueno? ¿O una de esas escuelas donde enseñan modales? ¿Qué tal que me mandan a un internado?

Mi papá y mi mamá nomás se quedaron viendo uno al otro en lo que yo decía esas y otras tonterías que se me iban ocurriendo. Nunca lo voy a confesar en público, pero me gusta discutir por el puritito gusto de discutir: si se da la ocasión de llevarle la contra a alguien, aunque de entrada yo esté de acuerdo, pues agarro el argumento contrario, porque así es más divertido. Claro que para eso hace falta tantito nivel. Por ejemplo, con mi mamá no se puede porque ella nomás se cicla en "que sí" o "que no" y acabamos como el Pato Lucas y Bugs Bunny:

—*Rabbit season!*

—*Duck season!*

—*Rabbit season!*

—*Duck season!*

Y así hasta que se harta y me sale con que "Se hace lo que yo digo porque soy tu madre", que es el equivalente a que la escopeta de Elmer se me dispare en la cara a mí.

En cambio, mi papá sí se engancha bonito y podemos discutir de cualquier tema por horas. Luego pasa que intercambiamos posturas sin darnos cuenta y terminamos defendiendo lo que antes atacábamos y nunca llegamos a nada. Así habría pasado con lo de la escuela, de no ser porque mi mamá nos arruinó la diversión:

—Bueno, ¿a ti qué te gustaría? Vamos a hacer una lista con lo que cada uno quisiera de tu escuela y se la pasamos a tus abuelos para que vayan viendo o preguntando entre sus amistades.

Tuve que admitir que era una buena idea.

—Yo quiero que sea una escuela alivianada, como la de Tapachula, ¿te acuerdas? Pero sin el calor, claro. También estaría bueno que tuviera instalaciones acá bien padres como las de la secundaria de Mérida, ¡pero sin el calor, porfa! Estaría genial que además tuviera gente *cool* como la de Monterrey, pero sin el calor.

Mi mamá, que sabe de las reglas sobre jodonez más que mi papá, fingió que no le estaba colmando la paciencia.

—Olvídate del clima, que tus abuelos no son dioses. ¿Qué más te gustaría?

—Pues que hubiera talleres artísticos, ¿no? Pero no nada más los típicos de solfeo, pintura y danza regional. ¿Saben?, creo que me gustaría tomar clases de foto.

Extrañamente, a los dos les pareció muy bien lo de las clases de foto. Más extraño todavía, ¡hasta a mí me pareció buena idea! Lo había dicho por decir algo, pero al oírlo salir de mi propia boca me di cuenta de que realmente tenía ganas de tomar fotos en serio, como RoT. Sentí bonito cuando mi mamá dijo que era buena idea porque yo tenía mucho talento para eso. Tanto me simpatizó su comentario que ni repelé cuando agregó a la lista que fuera una escuela en un buen rumbo, con buen nivel académico y con algo de disciplina. Tampoco repelé cuando mi papá llamó a los abuelos y les dijo que mi mamá y yo teníamos una cartita para Santaclós pero que estábamos en sus manos para lo de la escuela. De paso, les informó que nos encantaría quedarnos los tres en su casa las vacaciones completas.

—...si ustedes no tienen inconveniente —agregó, ignorando las caras de disgusto de mi mamá y las mías de burla.

Colgó muy satisfecho de sí mismo y, por primera vez en la vida, se negó a discutir el asunto.

—Es una decisión tomada y les agradeceré que me apoyen —dijo.

Creo que estaba practicando su nuevo papel de *megaboss*, y debo admitir que le salió bien, porque esa fue la última pelea que tuvimos. El resto de esa semana se fue en hacer maletas y preparar la mudanza. En algún momento pensé en despedirme de mis compañeros de la escuela y mis lugares favoritos de Puebloquieto, pero nada más de pensarlo me ganó la risa: ni siquiera me sabía los nombres de mis compañeros ni tenía sitios favoritos, fuera del parque y un museo regional al que nadie iba nunca, salvo yo, a lo mejor porque no había nada que ver (pero me gustaba porque podía quedarme mirando por horas cualquier objeto de la exposición sin que nadie me molestara). Pensándolo bien, nunca, en ninguno de los lugares donde habíamos estado, me había aburrido tanto ni me la había pasado tan mal: aquí hasta los *bullies* tienen flojera, las chicas sexis bostezan mientras se contonean, los nerds se asoman a Facebook nomás cuando no están durmiendo la siesta. Por eso mejor le digo Puebloquieto, no vaya a ser que un día, hablando mal de este lugar tan soso, resulte que el chavo más guapo o el maestro más perro o la señora más sentida es justamente de aquí.

Por eso, cuando el camión de la mudanza terminó de llevarse las cosas y me paré en medio de la sala vacía, con mi mochila de la compu a los hombros, no sentí nostalgia ni rabia ni alegría de irme. Tomé unas cuantas fotos simpáticas con el celular (la casa se veía

súper distinta ya sin muebles y encontré algunos ángulos muy locos), y cuando mi mamá me llamó para
subirme al coche me di la vuelta y cerré la puerta sin
voltear ni media vez.

Tampoco volteé cuando tomamos la carretera, a
pesar de que de repente me cayó el veinte de que
sería mi última mudanza en un buen rato. Para no
pensar más en eso, me puse los audífonos y prendí
a todo volumen mi iPod, en *shuffle*, como siempre.
Empezó una canción de Ghoultown, una banda texana
que le gusta mucho a Suza. La rola era sobre un
pueblo lleno de zombis. Ojalá no fuera una profecía
sobre mi siguiente escuela o, gulp, sobre mi vida con
los abuelos.

Las imágenes muestran esos instantes
tal como los viví, caminando sin parar.

Yolanda Andrade

5

LLEGAMOS A CASA de los abuelos de madrugada, porque mi papá se empeñó en manejar toda la noche en vez de parar a medio camino para dormir como la gente. En el coche me puse los audífonos y programé una lista de pagan folk, pero me quedé cuajadísima antes de la tercera rola. Desperté en el garaje de los abuelos. Aunque pedí que me dejaran en el asiento trasero del coche y nomás me pasaran una cobijita, mi mamá insistió en que entrara a la casa, me pusiera la piyama, me lavara los dientes y estrenara el que sería a partir de ese momento *mi cuarto*.

Yo sentía los ojos pesadísimos. A cada paso me quedaba en medio de dos bostezos, pero por lo menos me había puesto los pants que uso para dormir, y llevaba el cepillo y mi pasta en la mochila que traía conmigo en el coche y no en las maletas de la cajuela o, peor, en las cajas que venían con la mudanza: al menos eso he aprendido con tanta cambiadera de casa y ciudad.

—Ya traigo puesta la piyama —le dije.

Ella empezó a criticar mis pants, como de costumbre, pero no le hice caso: en ese momento ni siquiera me fijé en la casa. Es más, si hubieran tenido un elefante en medio de la sala no me habría dado cuenta porque lo único que quería era volver a cerrar los ojos y seguir durmiendo.

No sé por qué, pero dormir en el coche siempre me ha parecido muy sabroso: recargo la cabeza en la ventanilla, cruzo una pierna encima de la otra, me cruzo de brazos, aprieto la lengua contra el paladar, y el mismo trayecto me va arrullando mientras un calorcito muy agradable me envuelve mejor que una cobija... Lo malo, claro, es cuando llegamos antes de que yo despierte y hay que desentumir las piernas, salir al frío y sentir la boca pastosa y el cuello torcido.

Me lavé los dientes y me metí en la cama indicada sin voltear a ver la recámara ni nada. Mi papá apagó la luz, me arropó en las cobijas como cuando era chiquita y me dio un beso en la frente. Cerré los ojos convencidísima de que había logrado cambiar de locación sin que se me espantara el sueño, pero en cuanto mi papá salió y cerró la puerta se me abrieron los ojos en automático. Las sábanas me parecían demasiado frías y resbalosas, así que me paré y me puse una sudadera encima de la playera viejita de Alien Sex Fiend que usaba con los pants. Me volví a meter en la cama, hecha bolita, pero entonces me pareció que la almohada era

muy bajita y dura. Pensé en quitarme la sudadera, meterle mi toalla adentro y amarrarla toda para convertirla en almohada, pero entonces otra vez me iba a dar frío. Otra opción era prender la luz y buscar en la recámara una cobija, un oso de peluche o algo, pero la verdad me daba flojerita, así que nada más doblé la almohada para que agarrara un poco de consistencia y traté de dormirme otra vez... pero entonces me dieron unas ganas locas de hacer pipí. Ahí sí no había más remedio que salirme de la cama. Para no tener que prender la luz usé como linterna mi celular, aprovechando que duermo con él debajo de la almohada (no por adicta, que conste, sino porque uso una aplicación que mide cuánto tiempo dormiste y qué tan bien y quién sabe qué otras babosadas, pero que es muy útil como alarma porque según te despierta justo cuando calcula que tienes el sueño más ligero). Así que con mi celular a modo de lamparita salí al pasillo, sólo para darme cuenta de que no tenía ni idea de cuál de las puertas era la del baño, a pesar de que no tenía ni dos horas de que me había lavado los dientes. Me sentí como en el programa de Chabelo, rodeada de catafixias sin saber cuál elegir: ¿qué tal que entraba al cuarto de mis abuelos y los despertaba? ¡Bonita forma de empezar la relación! Iba a usar el método *detín marín dedó pingüé*, pero mejor apliqué mis recién soñadas dotes de espía y, como una Mata Hari sin glamour, puse la oreja contra la puerta más cercana: clarito oí los ronquidos de mi papá,

así que ésa no era. Pasé a la siguiente puerta y al recargar la oreja me fui para adentro porque no estaba cerrada, ash. Por suerte ése sí era el baño. Hice lo que había ido a hacer y regresé a mi cuarto, pero ahora tenía hambre. Hice cuentas: mi última comida había sido a las seis de la tarde y eran las cuatro de la mañana. Ouch. ¿Habría algo en el refri? Volví a usar mi celular como lamparita y, con mucho cuidado de no tropezarme, bajé las escaleras. Abajo había una luz prendida. Dudé entre seguir adelante y regresarme a mi cuarto, pero mi estómago rugió de tal manera que me impulsó a avanzar. Di dos pasos más y me llegó un olor delicioso a café recién hecho. Eso acabó de quitarme lo tímida y entré a la cocina para encontrarme de frente con el abuelo Andrés, que estaba sentado en el antecomedor y que puso una cara como de niño chiquito al que pescan en una travesura.

—¡Isabelita! ¿Qué haces parada a estas horas?

Me lo dijo en un tono que sonaba más a broma que a regaño, pero nunca habíamos platicado a solas, así que no supe qué pensar. Por si acaso, nomás le sonreí. Él me devolvió la sonrisa, se levantó de la mesa y sacó una taza de la alacena.

—¿Lo quieres con azúcar? —me preguntó.

Me cayó bien. Mi mamá todavía de vez en cuando como que se ponía en un plan rarísimo de *estás muy chica para tomar café*, pero si se despistaba me lo preparaba igualito al de mi papá: con leche y dos de

azúcar (como si yo no pudiera tener mis propios gustos). Por suerte así es como más me gusta el café, pero ¿qué tal que lo quería negro o con Splenda? ¿Por qué ella lo daba por hecho? Me gustó mucho que mi abuelo sí respetara mi individualidad y me preguntara cómo quería el café sin poner cara de *a ver qué quere la nena* o sin echarme un choro de esos mareadores de *no son horas para que andes dando lata en la cocina*.

—Solito, porfa —le dije.

Por tonta, porque la verdad no me gusta el sabor del café negro, pero es como más maduro, pensé. Como para que dos adultos se sienten en el antecomedor a las cuatro de la mañana a tomar algo y platicar.

Él me miró un momento con una expresión rara: movió la cabeza a la izquierda, para verme de ladito, entrecerró los ojos y torció tantito la boca en algo parecido a una sonrisa. Pero duró sólo un segundo y de inmediato tomó la cafetera y me sirvió sin decirme *No te creo* o sin preguntarme *¿De veras: segura, segura que lo tomas negro?*

Le di un trago; peor que lo amargo fue lo caliente: me di una quemadota de lengua y paladar que hasta se me salieron las lágrimas.

—Ay, cabrón, está hirviendo —se me salió.

Él no se molestó ni nada. Al contrario, puso cara de preocupación.

—Perdón, Isabelita, se me olvidó advertirte que estaba caliente. ¿Estás bien?

Asentí con la cabeza mientras el trago de café me quemaba la garganta, porque como no iba a escupirlo, me lo tragué. Sentí que se me aflojaba la nariz y tuve que sorber para que no se me saliera un moco. Pésima yo: en mi afán de verme como una adulta madura y todo eso, estaba peor que niña de seis años. Mi abuelo me trató de mirar con seriedad pero apenas si podía contener la risa, y yo igual. Cuando nos miramos a los ojos apenas un momentito, los dos empezamos a carcajearnos como mensos. Mi abuelo me hizo señas de que bajara el volumen, pero entonces nos dio más risa a los dos, porque era el doble de chistoso tratar de reírnos en silencio.

—Shhhh... va a despertar tu abuela y nos va a regañar —me dijo entre risas queditas.

La risa se me cortó de golpe: me acordé de todos los comentarios de mis papás y me dio algo de miedo.

—¿Es muy regañona? —pregunté tratando de ponerme seria, pero entonces me dio uno de esos hipos tan fuertes que hasta duele el pecho. Los dos volvimos a carcajearnos un rato hasta que él recuperó el aliento y se encogió de hombros.

—Tiene sus cosas, pero no es para tanto —y me cambió de tema—: ¿No tienes hambre? Puedo preparar unas quesadillas.

Me dio tanta alegría como si llevara tres años sin comer, y más cuando sacó del refri un queso mozzarella que se veía delicioso.

—Parte el queso y yo caliento los frijoles —dijo dándome un cuchillo.

Mientras yo rebanaba el queso sacó un *tupper* con frijoles refritos y los puso en un sartén con mantequilla. Luego les echó un chorrito de leche y empezó a revolverlos.

—Sí comes frijoles, ¿verdad?

Asentí con la cabeza.

—¿Y leche?

Asentí otra vez.

—¿Queso?

—¡Por supuesto! —me ganó el entusiasmo: yo podría ser quesotariana sin problema.

—¿Tortillas de harina? ¿Tacos al pastor? ¿Pizza de pepperoni? ¿Sushi?

A todo asentí mientras sentía que la boca se me llenaba de saliva: todo lo que él mencionaba se me iba antojando.

—Qué bueno que comas de todo. ¿O hay algo que no te guste?

Sentí que me ponía roja. Le iba a decir que no, que yo era la máxima sibarita gourmet del mundo mundial, pero ¿para qué meterme solita en broncas?

—No me gusta el aguacate —confesé en un hilo de voz.

—¡Ah!, vamos a volver loca a tu abuela los dos juntos —festejó entre risotadas—. Yo tampoco como aguacate. Es más, lo odio.

Mientras platicábamos, puso el mozzarella reba-
nado en las tortillas de harina, les embarró frijoles y
las calentó un ratititito en un sartén en vez de usar el
comal.

—¿Están buenas? —preguntó mientras yo atacaba
la tercera quesadilla.

Otra vez nomás asentí con la cabeza.

—Las caliento en el sartén porque las tortillas de
harina son muy delgadas y en el comal se queman. De
hecho, son los frijoles calientitos los que hacen el
trabajo de derretir el queso. Y mucho mejor si son frijoles hechos en casa y no de lata, ¿a poco no?

—Están lo máximo —dije entre dos mordidas—.
Se me hizo raro lo de la leche, pero quedaron súper.

—Sí, es una de mis recetas secretas. Luego te
preparo unas papas en seco, vas a ver qué cosa más
buena.

—¿Papas en seco?

—Así les dicen en la sierra de Puebla. Sí sabes que
yo viví por allá muchísimo tiempo, ¿no?

No, yo no sabía nada. No tenía ni idea de quién era
ese señor buena onda que cocinaba tan bien (o sea,
sabía que era mi abuelo, pero nada más), pero eso se
tendría que remediar.

—¿Tu papá no te cuenta nada de eso? —me preguntó
extrañado.

Me dio la impresión de que era algo que le entris-
tecía o le molestaba, pero no lo conocía tan bien como

para saber traducir su expresión, que era como una sonrisa pero con los labios apretados y los ojos un poco para abajo, como tristes. Pero no le tuve que contestar nada, pues en ese momento entró a la cocina mi abuela, vestida con una bata y un camisón azul cielo de tela brillosa y unas pantuflas, también azules, de tacón... ¡Lo juro! Eran pantuflas nomás de meter, tenían peluchito, ¡pero eran de tacón! Además estaba perfectamente peinada y casi estoy segura de que también maquillada, o por lo menos tenía un poquito de brillo rosa en los labios y delineador en los ojos.

—¿Qué hacen aquí a estas horas? —preguntó con un tonito de regaño.

Miró a mi abuelo con enojo, le quitó su taza de café y le dio un sorbo.

—¿Cuántas tazas llevas?

—Es la primera —mintió el abuelo: de que empezamos a platicar era como la tercera, y quién sabe cuántas llevaba cuando yo llegué a la cocina.

La abuela torció la boca pero no dijo nada. Dejó de mirar al abuelo y me dedicó toda su atención, como si me estuviera haciendo un escaneo completo. A juzgar por la cara que puso, no pasé la prueba.

—Acostúmbrate a usar piyama, Isabel. Dormir en pants no está bien —me dijo—. Y menos con sudadera.

—La sudadera es porque me dio frío allá arriba y no encontré otra cobija, abuela. Normalmente uso una playera, mira.

Me quité la sudadera, tantito para enseñarle la camiseta y tantito porque ahí, en la cocina, hacía mucho calor. Reporte: no le gustó mi playera de Alien Sex Fiend. A lo mejor porque es muy viejita (¡la playera!: mi abuela no es una morrita, pero no es para andarle diciendo viejita) y tiene agujeros por todos lados, o tal vez por la imagen del fulano cachetón, en blanco y negro con los ojos grandotototes, ésos no en blanco y negro sino rojos, rojos y saltones.

Tampoco le ha de haber gustado que estuviera en chanclas, porque después de ver mi playera y los pants (que solían ser negros pero ya están pardos y manchadones —un accidente con la lavadora y el cloro, triste historia—) se quedó viendo mis pies antes de soltar un suspiro como de telenovela.

—¿No tienes unas pantuflas de verdad?

—Debo tener unas por ahí. Seguro llegan mañana con la mudanza —mentí para ganar tiempo.

Entonces se me quedó mirando a los ojos, como sorprendida.

—Está igualita —le dijo a mi abuelo, apenas en un hilo de voz.

—¿A quién? —pregunté yo.

—A tu papá —dijo el abuelo. Lo dijo tan bonito que no me ofendí.

La abuela se comió la quesadilla que todavía quedaba y dijo que regañaría en la mañana a mis papás por no haberme dado de cenar. Luego nos

mandó a dormir al abuelo y a mí sin darnos chance de acabarnos nuestros cafés (por mí, mejor: creo que eso del café negro no es lo mío). Cuando iba subiendo las escaleras, me detuvo:

—¿Desayunas temprano con nosotros, Isabel, o te preparo algo más tarde?

—No, pues con ustedes —dije, pensando que eso sería lo que ella quería oír. Y le atiné, porque sonrió.

—Entonces procura estar lista a las nueve. Normalmente no desayunamos tan tarde, pero seguro tus padres y tú están cansadísimos. Además, después de esas quesadillas tú ni hambre vas a tener.

Le dije que seguro sí tendría hambre y que estaría a las nueve sin falta.

—Vestida y peinada, ¿eh, mijita? Nada de bajar en fachas, por favor.

—*Yes sir mister sir!* —respondí, haciendo un saludo militar, y hui a mi recámara, porque clarito vi que no le hizo gracia.

Al menos no parecía tan aterradora como mi mamá me la había pintado: una persona que come quesadillas en la madrugada y usa pantuflas de tacón no puede ser tan mala.

Realmente creo que hay cosas que
nadie vería si yo no las fotografiara.

Diane Arbus

6

EN MI IMAGINACIÓN, los últimos días de convivencia con mis papás eran el muégano total: iríamos los tres juntos a conocer mi nueva escuela; los tres juntos a comprar mis útiles; los tres juntos a desayunar, comer y cenar con los abuelos; los tres juntos al cine, al karaoke, a la estética y al Chopo. Por supuesto, en mi imaginación estas escenas eran de absoluto terror, porque una cosa es que me ponga chípil y sienta que los voy a extrañar un poquitito cuando se vayan y otra es que me hagan una lobotomía y quiera estar con ellos más de treinta minutos seguidos. Y ellos... pues tampoco es como si yo fuera su persona favorita. Lo de los trisiameses fue sólo una fantasía masoquista de mi cabecita loca, porque a ellos ni siquiera se les ocurrió esa posibilidad.

Creo que solamente estuvimos de mueganitos al día siguiente de nuestra llegada, y eso nomás un rato. Como le prometí a la abuela Carmela, me levanté temprano, me bañé, me vestí, me peiné y bajé a la

mesa hecha una muñequita de aparador... si es que en los aparadores aceptan muñequitas con jeans negros pegados y un poquito rotos, botas industriales casi a la rodilla y una playera de manga corta de *La noche de los muertos vivientes* encima de otra como de red de manga larga. Eso sí, me hice dos trenzas para verme bien modosita.

Cuando bajé a la mesa, mi abuelo ya estaba tomando café. Me vio y casi se atraganta, pero no porque le diera miedo o asco mi *look* (que sí me ha pasado), y tampoco porque se estuviera burlando de mí; más bien le parecía muy divertido. Mi abuela estaba de espaldas a nosotros, preparando algo en la estufa. El abuelo me hizo señas de que la saludara y yo, tras aclararme la garganta, dije toda casual:

—¡Buenos días, abuelita! ¿Dormiste bien?

Nada más me faltaba mi canasta de panecitos al brazo para ser toda una caperucita.

Volteó y, nomás verme, se puso más pálida que si fuera vocalista de una banda de gótico. Mi abuelo hasta acomodó su silla para quedar de frente a ella y no perderse detalle del show. Ahí entendí qué era lo que le parecía tan divertido: mi abuela tenía puesto un vestido rosa, supongo que para andar en casa, pero igual súper elegante para mis gustos: estaba más arreglada que mi mamá, y eso es mucho decir. Seguramente yo era justo todo lo contrario de lo que ella esperaba en una nieta "bien vestida".

—Ay, Isabelita… —dijo quedo, como si de un balonazo le hubieran sacado el aire del estómago.

Pensé en hacerme la tonta pero decidí que era mejor ser yo misma desde el principio. ¿Para qué hacerle al cuento? Admití que su disgusto era por mi look y hablé con total y absoluta honestidad:

—¡Perdón!: casi toda mi ropa está en la mudanza y lo único que pensé al meter cosas en mi mochila fue que hoy es sábado y quiero ir al Chopo y ni modo de ir en pants, ¿verdad? Así que escogí esto, que no está mal, digo yo: *fashion* pero no demasiado *fashion*, cómodo para andar en la calle porque luego los fulanos son bien léperos si anda una de faldita, pero que tampoco parezca que soy una fodonga, ni demasiado producido porque si la banda chopera piensa que soy una *poser* me muero, aunque no es que me importe lo que digan, ¿eh?

Ahí le paré para tomar aire y me di cuenta de que había cometido la típica isabelez de ponerme nerviosa y hablar de más. Siempre me pasa. Mi abuelo estaba tan entretenido que nada más le faltaba la bolsa de palomitas. La abuela, en cambio, tenía cara de estar pensando cómo decirme, sin ser maleducada, que me odiaba, que me fuera de su casa y que le devolviera el importe de las quesadillas.

Pero no dijo nada de eso, sino que volteó a ver al abuelo como pidiéndole ayuda. Su cara gritaba "Dile algo, Andrés, defiéndeme y métela en cintura".

—¿Con quién vas a ir al Chopo? —preguntó él.

La abuela frunció el ceño. Ahora tenía expresión de "Eso no es lo que tenías que decirle, traidor", pero se quedó callada.

—No sé. Tengo varios amigos que viven aquí, pero no quedé con ninguno.

—¿Me pueden explicar de qué hablan? —intervino la abuela.

—Del Chopo, mujer, ese tianguis donde se juntan los muchachos a comprar discos y ropa o intercambiar libros, juntar propagandas de fiestas, o qué sé yo. ¿No te acuerdas de cuando los muchachos iban cada semana?

Me pregunté si en ese misterioso *los muchachos* estaría incluido mi papá, pero no quise interrumpir. Tenía la esperanza de que mi abuela supiera que, aunque fachosilla, su nieta estaba bien entrenada. Si me hubiera dicho "Dame la mano" o "Haz el muerto" la habría obedecido de inmediato, nomás para lavar un poco mi imagen, pero lo que hizo fue resoplar igualito a como hago yo cuando me regañan antes de preguntar, toda despectiva:

—Ah. ¿Eso todavía existe?

Por un momento logró que se me quitaran las ganas de ir al famoso Chopo: lo dijo como si fuera la cosa más vieja y aburrida del mundo.

—Yo digo que desayunemos y que luego hagamos planes para el día —dijo el abuelo.

—¿Dónde están tus padres? —me preguntó la abuela.

Me encogí de hombros. En ese momento entraron a la cocina mis papás. En piyama. Mi mamá al menos traía su bata y se había hecho un chongo, pero igual era la facha total. Lo normal en sábado, pues. Pero me dio risa porque en ese momento me sentí más cerca de los abuelos que de mis papás. No por nada sentimental, sino porque estaba del lado de los bañados.

Mi abuela abrió muy grandes los ojos y apretó tanto la boca que parecía una rayita, cero labios. Barrió a mi mamá como me había hecho a mí en la madrugada y luego puso algo en su cara que parecía una sonrisa pero tan tiesa y poco sincera que obviamente no era una sonrisa.

—El desayuno ya está, pero lo tapo para que no se enfríe en lo que se bañan y se visten —dijo.

Mi mamá se puso pálida, medio se disculpó y salió de la cocina seguida de mi papá. Alcanzamos a oír cómo le reclamaba mientras subían de regreso a su cuarto. No se entendía bien qué decía, pero obviamente tenía que ver con que mi papá no le hubiera informado sobre la etiqueta del desayuno. Pobre de mi mamá: ella que es toda elegante y *cool*, de repente quedó como la fachosa de la casa. Que hasta yo me viera más presentable le ha de haber ardido cañón.

Mi abuelo miró a su esposa con cara de "No estuvo padre lo que hiciste". Ella se encogió de hombros y

sonrió igualito a mí cuando finjo demencia. A lo mejor es sangrona o difícil, no estoy segura todavía. Digo, tampoco estoy segura de si yo soy sangrona o difícil, diga lo que diga la gente. Lo que está claro es que no sólo estaba yo del lado de los que se bañan sino que ella y yo hasta nos parecemos.

Me traté de imaginar a mi abuela de joven: ¿habrá sido rebeldona o fresa? Estaba tratando de imaginármela de dieciocho cuando se empezó a agitar mi celular, que estaba en vibrador en la bolsa de atrás de mi pantalón. "Que sea RoT para invitarme al Chopo", deseé, y el estómago se me encogió.

—Permítanme tantito —y me salí de la cocina para leer el mensaje, algo que mis abuelos deben de haber agradecido porque empezaron a discutir quedito: don Andrés le reprochaba a su señora que hubiera sido grosera con la nuera y ella se hacía la inocente.

Oh, desilusión. O bueno, media desilusión: el mensaje no era de RoT sino de Suza.

Suza

en línea

Suza 9:17

Qué onda, güerquilla, yastás en el Chopo con el RoT? Ya se dijeron que se aman y se besaron sus bocas? Fotossss!!!!!!!

Isa 9:20

Tás loca! Apenas son las 9 y cacho. Según la onda es llegar a las 12 aprox, no?

Suza 9:20

Oh pues. Pero ya quedaste con el RoT?

Isa 9:21

Neh, no le he escrito. Pensé que él me iba a invitar o algo, pero ni siquiera me ha dado la bienvenida 😵

Suza 9:22

Ps invítalo tú, o qué, te da miedo?

Suza

en línea

Isa   9:23

Y si me batea? 😟

Suza   9:25

Le quitas el bat y le rompes la cabeza 😊 😊

Estuve entradísima en el cotorreo hasta que me sentí rara, como que alguien me estaba mirando. Y sí, era mi abuelo, que estaba recargado en la puerta de la cocina y desde ahí me veía divertidísimo.

—Siquiera siéntate, hija. Primero pensé que estabas rezando al verte así con las manitas juntas y la cabecita gacha —dijo, imitando el gesto.

Si hubiera sido mi mamá le habría hecho una jetota, y si hubiera sido mi papá le habría reclamado que me estuviera vigilando, pero a mi abuelo simplemente le devolví otra sonrisa igual a la suya sin saber por qué. Creo que simplemente me cae bien.

—Estaba platicando con Suza. Es mi mejor amiga. Vive en Monterrey.

—Ah, tienes amigas, qué bien. Tus papás me dijeron que no te llevabas con nadie —y soltó una risita—. Hablan sin abrir la boca y son amigas sin estar cerca. En mis tiempos no era así.

En eso la abuela gritó desde la cocina:

—¡Andrés! ¿Vienen o qué?

—Ay, tu abuela me mandó a buscarte para que empecemos a desayunar —me dijo quedito.

—¿Y mis papás?

—Que nos alcancen cuando quieran —agregó con cara de "No estoy muy de acuerdo, pero pues ya qué".

Nos sentamos a la mesa. Yo me sentía como si fuera una traición a mis papás empezar a desayunar antes de que ellos llegaran, pero se me quitó la culpa nomás con oler la comida: mi abuela es una cocinera excelente. Si las quesadillas de mi abuelo me habían encantado, el desayuno de doña Carmelita estaba a punto de volarme la cabeza de pura emoción. Era un plato de huevo revuelto con jamón y tiritas de tortilla frita, todo en salsa de jitomate, con frijoles a un lado. ¡Sabía riquísimo! También había pan blanco: unos bollos del tamaño de la palma de mi mano, suaves, suaves y todavía calientitos.

Puse uno de los panes en mi plato, acomodé con el tenedor el huevo para que no se notara que ya le había entrado, hice a un lado el salero y la servilleta, coloqué los cubiertos junto al plato, acomodé la taza de chocolate caliente a un lado del cuchillo y me moví un poco a la derecha. La luz no era la mejor, así que sostuve la servilleta entre la ventana y el plato con la mano izquierda y tomé la foto con mi cel. Mi abuela suspiró de ese modo que le estaba empezando a conocer, un poco como víctima que está a punto de perder la paciencia y matar al victimario.

—Nieta de tigre… —dijo mirando a mi abuelo.

Él había estado muy atento a mis preparativos para la foto, con una expresión que no había entendido al principio pero que cuando ella habló me pareció que era orgullo. Su sonrisa era enorme y hasta le habían salido chapitas.

—¿Entonces es cierto que te gusta la fotografía? —me preguntó.

Fue mi turno de tener chapitas: la verdad es que yo no le llamaría *gusto por la fotografía* a eso, o bueno, sí, me gusta; pero dicho por mi abuelo, y con la palabra *fotografía*, completa, en vez de *foto*, como que sonaba más artístico, más en serio, y pues lo mío es puro pasatiempo.

El abuelo me seguía mirando, en espera de una respuesta, así que traté de explicarle que nomás es un hobby, que no me lo tomo tan en serio, que sólo tomo fotitos de cosas que me gustan o me parecen fuera de lo común.

Ahí se metió la abuela:

—Bueno, y mi desayuno ¿lo fotografías porque te gusta o porque es fuera de lo común?

—Las dos cosas —admití—: cuando estamos nada más mis papás y yo, generalmente desayuno cereal; ellos se levantan más tarde y desayunan en el club.

En cuanto acabé de decirlo supe que había sido indiscreta y que le había dado armas contra mi mamá. Traté de sentirme menos responsable pensando que de todos modos mis papás sólo estarían ahí tres semanas, así que bien podían ser pacientes y aprender a bañarse antes de bajar a la mesa.

Volvió a vibrar mi celular. Al ver la cara de mi abuela cuando lo saqué del bolsillo del pantalón supe que

más me valía esperar a terminar el desayuno para leer el mensaje si no quería pasar al bando de los mugrosos regañados. Sonreí toda casual y lo puse sobre la mesa. Sólo alcancé a ver la notificación: era un whatsappazo de RoT.

Las obsesiones que tenemos son
básicamente las mismas toda la vida.
Las mías son la gente, la condición
humana, la vida.

Mary Ellen Mark

7

—¿CÓMO ES POSIBLE que te guste alguien que no conoces y que no has visto ni en foto? —me preguntó una vez Carlos, el novio de Suza.

Ella y yo estábamos platicando por Skype y él se metió en la conversación, como acostumbra. Le contesté que se ocupara de sus cosas, pero lo cierto es que desde entonces yo misma tengo esa pregunta.

Mientras desayunaba con mis abuelos, miraba el celular en la orillita de la mesa y sentía las famosas mariposas en el estómago. Antes de RoT siempre había pensado que aquello de las mariposas estomacales era una cursilada de mal gusto, pero la única otra forma que se me ocurre para describir esa sensación es que alguien me estuviera pellizcando la panza pero por dentro. También podría cambiar las mariposas por otros bichos (las mariposas de colores se me hacen cursis pero las negras me dan entre asquito y miedo), sólo que no se me ocurrió ninguno menos guácala.

Lo peor es que no podía pensar en otra cosa que no fuera el whatsapp de RoT. ¿Qué cara pusieron mis papás cuando bajaron a desayunar y nos vieron ya entradazos? Ni idea. ¿Les hizo mi abuela algún comentario sobre la presentación, la higiene y los hábitos alimenticios sabatinos? Sepa. Yo nada más podía concentrarme en el aparatito a un lado de mi plato, que por cierto no volvió a vibrar, así que era un solo cochino mensaje (bueno, también podía pensar en el sabor del desayuno).

Cuando acabé hice el intento de levantarme para ir a leer el mensaje de RoT, pero otra vez me detuvo la abuela con una simple mirada. Se me hace que es mutante y que su súper poder es helar a la gente con la vista, qué bárbara. Me volvió a acomodar en la silla y dijo sonriente:

—Qué bueno que tengas el hábito de quedarte a la sobremesa, Isabelita.

Vi de reojo que mi papá le ponía la mano en la pierna a mi mamá, lo que quiere decir que ella había hecho ademán de pararse. Bien que les conozco sus códigos dizque discretos, ja. Todos sonreíamos como en comercial de pasta de dientes.

—¿Qué van a hacer hoy? —preguntó mi abuelo para romper el hielo.

—Yo quiero ir al Chopo —neceé.

—Sí, Isa quiere a ir al Chopo y yo prometí darle su primer *tour* —me sorprendió mi papá.

Abrí la boca para decir que primero muerta que ir al Chopo con mi papá, pero él me echó ojos de *sígueme la corriente*, así que le subí dos rayitas a mi sonrisa Colgate y asentí con la cabeza como si fuera la mejor idea del mundo. La abuela no nos creyó una palabra y decidió tomar rehenes.

—Ah, entonces no les importará que mi nuera y yo nos quedemos a cocinar juntas.

La sonrisa de mi mamá se transformó en otra cosa: como si al terminar de grabar el comercial de pasta de dientes te informaran que lo que usaste fue pomada de arsénico.

—Al contrario —dijo el traidor de mi papá—: a Silvia le encanta pasar tiempo contigo, ¿verdad, corazón?

Y sin esperar respuesta se dirigió a mí:

—¿Estás lista? Para que te rinda el día. ¡Vámonos!

Se levantó casi de un brinco y yo hice lo mismo. Nos despedimos nada más agitando la manita y no nos detuvimos hasta llegar al coche.

Mientras esperábamos a que la puerta eléctrica de la cochera se abriera, mi papá suspiró.

—Tu mamá jamás me lo va a perdonar. Desde que éramos novios ella odiaba ir al Chopo.

—¿Neto ya existía el Chopo cuando tú eras joven? —pregunté nomás por molestar.

—Síguele y de veras te acompaño.

—Ya, pues. Pacita —dije, y le ofrecí la mano en señal de tregua.

Me dijo que me acercaría al Chopo y me esperaría en un café a pocas cuadras de ahí. Me contó de lo emocionante que era, cuando él era joven, ir a buscar discos de vinil y libros imposibles de conseguir en cualquier otro lugar. Me platicó de cuando el tianguis de veras estaba afuera del museo del Chopo y de los punks de entonces, de los primeros darketos, de una novia rocker que tuvo y que resultó hija de un político importante...

—Oye, ¿y en ese entonces ya andabas con mi mamá o qué onda?

—A veces sí y a veces no.

—¿Se peleaban mucho?

—Digamos que a ella no le caían bien mis amigos.

Ya no quiso hablar de su noviazgo, así que nomás tomé nota mental para enchinchar con el asunto en otro momento, y me siguió contando de sus tiempos de chopero. Tan clavados estábamos que ni me acordé del mensaje de RoT hasta que me dijo que le llamara al cel si necesitaba cualquier cosa. Va a sonar a que estoy loca pero me dio mucho gusto darme cuenta de que todo ese rato, desde el ataque de la abuela, no había pensado en él: quiere decir que no estoy tan obsesionada. Ya que me había acordado, saqué el teléfono y vi su whatsapp. Le respondí muy linda yo, me contestó súper equis, le contesté también (ya un poco de malas) y vi con horror que aparecían las dos palomitas junto a mi mensaje y que él seguía en línea pero no contestaba nada. Luego dejó de estar *online*, uff. La cosa quedó así:

RoT

RoT   10:14

Espero que hayas llegado bien al DF. Si necesitas tips de lugares que visitar me avisas, ok?

Isa   10:15

¿Vas a ser mi guía de turistas? Hoy voy a ir al Chopo. ¿Nos vemos allá? 😎

RoT   10:15

Pero si ya no eres turista!!! Eres como la música que llegó para quedarse, no? ☺

Isa   10:16

Ash. Turista, local, whatever. Nos vemos allá?

Mi papá seguía hablando de su loca juventud pero yo ya no lo escuchaba. Nada más miraba cada tres segundos el celular, como si con eso RoT fuera a contestar que había estado bromeando. Pero no. Me despedí de mi papá en el café que escogió y caminé un poco para llegar al tianguis.

Conforme iba avanzando se me empezó a quitar el mal humor, nomás de ver a tantos skatos, darketos, punks, metaleros y demás banda. Fuera del concierto de The Cure en Monterrey (al que pude ir sólo porque la mamá de Suza habló como cuarenta veces con mi mamá para asegurarle que ella nos llevaría y estaría con nosotras y nos regresaría sanas y salvas), jamás me había tocado ver a tanta gente bonita junta. A la hora de entrar ya en sí, en sí al tianguis, lo de la mucha gente dejó de ser bonito: daba un paso, se detenía el rastudo de adelante y yo también tenía que detenerme; daba otro paso, se volvía a detener el rastudo y yo con él, pero la cotorra de atrás de mí (una *happy punk* de unos catorce años que iba hable y hable por celular) no se daba cuenta y me pisaba el talón o chocaba conmigo. No llevaba ni tres metros caminados y ya estaba hasta la madre, acalorada, engentada y sin poder detenerme a ver ni un disco ni una peli ni nada de nada. Seguía más cerca de la entrada del pasillo que del final, así que aborté la misión y me pasé al río de gente que iba en sentido contrario. Y otra vez: un pasito, y detenerse. Otro pasito, y detenerse. Por lo menos sin cotorra atrás

y, como plus, que faltaban únicamente dos o tres metros para llegar a un espacio más o menos abierto. Cuando llegué a la salida del tianguis me sentí toda frustrada y *forever alone*. "Si hubiera venido con RoT estaría divertidísima", pensé. "O con Suza y Carlos. Pero soy una apestada que no tiene a nadie". Entonces me acordé de mi papá, que me estaba esperando en el restaurante con su café y su periódico… y me sentí peor. "¿Cuántos años dices que tienes, Isa?", me pregunté yo sola. "¿Siete, ocho?" Lo terrible del caso es que yo sabía perfecto que estaba entrando en uno de mis *loops* de autocompasión: cuando me pasa, mientras más pienso en lo miserable que es mi vida, peor me siento; y mientras peor me siento, más pienso en lo miserable que es mi vida. Aunque trato de distraerme, es como si una vocecita me dijera todo el tiempo las cosas en las que me he equivocado, las veces que la gente me ha quedado mal, todo lo que ha salido pésimo en mis planes, y así hasta que me desquito con alguien. Y mientras más tiempo paso en el malviaje, más feo exploto a la hora de desquitarme. Es horrible, como si fuera el doctor Jekyll y míster Hyde: una parte de mí es más tipo zen, tranquila y comprensiva, y sabe que está de terror portarme así, pero la otra parte es un monstruo peludo que si se enfurece no hay modo de controlar. Entonces es como si Isa-Jekyll estuviera aconsejando a Isa-Hyde y, como cuando ves una película y por más que sabes que los personajes en la pantalla la están regando y que, no

importa cuánto les digas y les grites que no se separen o que no se metan sin lámpara al sótano donde está el asesino serial, de todas formas se meten, Isa-Hyde no pela a Isa-Jekyll y sigue de necia hasta que mete la patota bien hasta el fondo. Una vez le pregunté a la orientadora de la prepa en Puebloquieto si eso era personalidad dividida o esquizofrenia, y me dijo que no, que era una combinación de mal genio, impulsividad y hormona adolescente, y me mandó a disculparme con la maestra de historia a la que Isa-Hyde le había contestado feo.

Total, que estaba yo en el tianguis del Chopo teniendo lástima de mí misma y lista para rendirme y dejar escapar a Isa-Hyde cuando me llegó un mensajito de mi papá al cel.

"Seguro ya se aburrió y quiere que me regrese al café", pensé, y añadí eso a mis quejas autocompasivas: ora resulta que me la estaba pasando bomba y que no tenía ganas de irme del Chopo, ja. Pero al ver el mensajito me llevé una sorpresa gigante: "Mira a tu izquierda".

Pensé que se había equivocado, pero instintivamente obedecí. A mi izquierda había una pareja de skatos, chavo y chava, tomados de la mano. Ni al caso, pero atrás de ellos había una bolita de chavorrucos metaleros: tres tipos con pantalones de mezclilla negros y playeras también negras, alguna con nombres de bandas del siglo pasado. Un par de ellos tenían la

mata larga pero los tres eran como de la edad de mi papá. Sólo de pensarlo sentí que se me doblaban las rodillas. Uno de ellos, el que tenía el celular en la mano, ¿no era precisamente… ¡mi papá!? Me acerqué despacio, toda sacada de onda, preguntándome si no era una pesadilla. Mi papá no traía esa ropa cuando salimos de casa, estaba segura, y los amigos que yo le conocía eran muy distintos de los que estaban ahí, todos ruidosos y peor de malhablados que los chavos de todas las escuelas en las que he estado.

Cuando estuve a un lado de ellos no quedó duda: el del celular era mi papá, que me abrazó como si tuviera años sin verme.

—Banda, les presento a mi hija.

—¡Ah, qué chido que salió a ti y no a la Chivis! —dijo uno de los matudos. No tenía ni una cana, y me pregunté si se pintaría el pelo o de veras todavía no le salían.

—Isa, éstos son Alf y Chava. Somos compas desde la prepa, ¿no, Alf?

—¡Simón! ¡Ya llovió, hijo! Hace como treinta años de eso, ¿no?—respondió el que sí tenía canas. Hablaba como cantadito, arrastrando la última sílaba de cada palabra.

—Ni madres —dijo el del pelo pintado—. A mí cuando me preguntan les digo que salí de la prepa en el 2000.

—¿Y te creen? —le preguntó mi papá con una cara de burla que yo no le conocía.

—Tsss. Pues veme, hijo. Sin panza, sin canas. Yo sí me cuido.

Y de todo se reían como si de veras fueran los más ocurrentes.

—Tu jefe era efectivazo para la guitarra, no sabes —me dijo Alf—. Traía muertas a más de varias. Pero cayó con la Chivis, y ya sabes cómo es el amor.

—No le hablen mal de Silvia a mi hija, cabrones —dijo mi papá entre risas.

—Ah, pero la que era chingonsísima era tu tía, qué bárbara —siguió Alf.

—Simón —dijo Chava—. Todos estábamos enamorados de ella. ¡Y qué buenas fotos sacaba!, ¿no, Alf?

—¿Qué tía? —pregunté.

Mi papá hizo la mueca que pone siempre que está incómodo, me hizo la seña típica de *luego te cuento* y les cambió el tema a sus amigos.

—Oigan, pues Isa vino a conocer. ¿Le damos un *tour* o qué?

—¿Damos, kimosabi?—dijo Chava—. Yo la llevo. Ustedes caminen atrasito: le afecta a mi imagen que me vean con un par de rucos —y otra de sus carcajadas interminables.

—Ah, pero antes, que Isa nos tome una foto, ¿no? Para el recuerdo —dijo mi papá.

Fue una gran idea, porque estaba yo tan en shock que ni me había acordado de tomar alguna. Les saqué varias a los tres juntos y luego seguí fotografiando

todos los puestos a los que me llevó Chava. Fue otra cosa. Para empezar, en cuanto se alejó de Alf y mi papá, se empezó a portar como adulto y hasta me cayó bien. Pero además se conocía perfecto el tianguis. Como que la gente se hacía a un lado para dejarnos pasar, y él sabía dónde detenerse sin estorbar, dónde rebasar, todo. En el camino me iba revelando más cosas de cuando mi papá era metalero.

—¿Tons te vas a quedar a vivir en la capirucha? Cuando vengas búscame, ése es mi puesto —dijo señalando uno que vendía puros discos de vinil—. Y si necesitas tomar fotos más pro o algo, me dices y yo te hago el paro.

Comimos con Alf y su novia, que es tatuadora. Ya que íbamos de regreso a la casa, mi papá me contó que se le prendió el foco de ir a buscar a sus amigos, se metió al Suburbia de la esquina frente al Chopo y se compró unos jeans y una playera para no ir con su ropa de ñor. Me lo platicaba como si fuera una travesura.

—¿No te molestó que fuera? —me preguntó, serio de repente.

Lo medité un momento y medio sonreí.

—No estuvo tan mal.

Tampoco le iba a decir que me salvó el paseo: no fuera a ser que quisiera ir conmigo a todos lados siempre. Entonces me acordé de que él y mi mamá se irían en pocos días a Sudamérica y hasta sentí tristeza.

Raquel Castro

—Cuando regresen la Chivis y tú tenemos que ir al Chopo otra vez —le dije—. O platicar más. Está lo máximo que sepas tocar la guitarra y todo eso. ¡Me tienes que contar!

—Te voy a contar todo, te lo prometo —dijo él—. Pero no le digas Chivis a tu mamá. Al menos no en su cara.

Seguimos un rato en silencio y me acordé de otra cosa.

—Oye, ¿y qué onda con lo de la tía tomafotos?

A mi papá se le borró la sonrisa.

—Ay, Isa, tan bien que íbamos.

Cuando estamos enojados o
deprimidos en nuestra creatividad,
hemos perdido nuestro poder. Hemos
permitido que alguien más determine
nuestra valía.

Julia Margaret Cameron

8

CUANDO LLEGAMOS A CASA yo iba tan sacada de onda que no pelé los reclamos de mi mamá por haberla dejado con la abuela ni los de la abuela por no haber llegado a comer. Eso sí: las dos unieron fuerzas para regañar a mi papá por comprarse los jeans y la playera y jugar al rockero adolescente, pero mi abuelo lo defendió:

—No sean exageradas. Las dos.

Si yo no hubiera estado tan sacada de onda, a lo mejor hasta habría disfrutado ver a mi abuelo poniendo a las dos en su lugar, pero seguía tan sorprendida que ni ganas de abrir la boca. Así, de pronto, me estaba dando cuenta de que no sabía absolutamente nada de mi familia. No sólo era que mi papá hubiera sido metalero cuando chavo, o que hubiera abandonado su sueño de ser *rock star* para casarse con mi mamá y hacer carrera en la ingeniería industrial (cada quien sus perversiones): era además que, así de pronto, me estaba enterando de que mi papá tenía una hermana de la que yo nunca había oído hablar

siquiera. Cero. Jamás había visto una foto suya ni la habían mencionado en ninguna Navidad.

Cuando íbamos de regreso del Chopo y le pregunté por ella, nada más me dijo:

—Te prometo que te lo voy a contar en detalle algún día. Sólo te pido que no hables de ese tema con tus abuelos, por lo que más quieras.

—¿Por qué? ¿Le puso el cuerno el abuelo Andrés a mi abuelita? ¿Tenía una casa chica?

—No seas melodramática —me dijo con una sonrisa torcida—. Un día te hablaré de Sofía, lo prometo, pero ten paciencia.

¡Y yo era la melodramática! ¿Qué podría haber pasado para que hasta fuera tema prohibido? Se lo dije a mi papá pero ya estábamos llegando a la casa.

—Es complicado, Isa. En serio, yo te voy a contar todo antes de irme a Brasil. Nada más es cosa de que encontremos un rato para platicar sin que estén tus abuelos.

Al bajarse del coche él otra vez tenía su cara de *no-pasa-nada*. Durante los regaños y todo, yo me la pasé pensando en mi tía Sofía, que según Alf y Chava era la neta del planeta. Y también en que mi papá era muy bueno para mentir, qué bárbaro.

La bronca fue que los siguientes días no tuvimos ni un ratito a solas, y la verdad, aunque suene a que soy una persona horrible, después del shock hasta se me olvidó la famosa tía. Los primeros días sí traté de preguntarle a

mi papá una que otra vez, pero siempre, como maldición, llegaba mi abuelo Andrés, la abuela Carmen o alguna visita, o sonaba el celular de mi papá o el mío, y el chiste es que luego se me pasó la ansiedad y me acordaba nomás a ratos. Es que también tenían que atender muchas otras cosas: por ejemplo, la escuela. Mi abuelo me inscribió a una cosa padrísima, un bachillerato de ciencias y humanidades, onda como las escuelas de esas series coreanas donde los chavos estudian para ser estrellas pop, rockeros o artistas bien intensos. Mi abuela y mi mamá estuvieron a punto de infartarse a dúo, como si fueran equipo de nado sincronizado, pero se medio calmaron cuando supieron que de ahí podía irme a una universidad "normal". También les dio gusto saber que allí no admitían tan fácilmente a nadie, y menos para segundo año: que sólo gracias a mis *excelentes* calificaciones y a un favor que le debía el director a mi abuelo accedieron a hacerme el examen de admisión y blablablá. Así que a medio verano me tuve que poner a estudiar geometría, civismo y balanceo de ecuaciones y un montón de cosas más de las que ya no me acordaba, para poder hacer el dichoso examen y no poner en ridículo a mi abuelo.

Por si eso no fuera suficiente, RoT estaba portándose rarísimo: me mandaba mensajes muy de vez en cuando, y cada que le decía que nos viéramos me cambiaba el tema o me daba largas. Una de nuestras conversaciones típicas era más o menos así:

RoT
en línea

RoT

en línea

RoT 21:58

¿lo decías por mí? ¡Pero yo sigo siendo tu amigo! ¿O ya no quieres que seamos amigos? Bububu. Pobrecito de mí 😭

Isa 21:59

Yo sí quiero! Pero tú no me quieres ver!

RoT 22:05

Sí quiero! Es sólo que estos días han estado complicados. 😑 Pero vas a ver que sí nos vamos a ver.

Isa 22:05

¿Cuándo?

RoT

está escribiendo un mensaje

Luego de un ratote de "RoT está escribiendo un mensaje" ¡se iba *offline*! Y la siguiente vez que me mandaba mensaje era lo mismo: puro hacerse güey. Yo cada vez juraba que no lo iba a pelar ni a presionar ni nada, pero cuando no me salía con una foto padrísima o con un comentario lindo, me mandaba una liga con un disco genial para descargar y terminaba yo otra vez toda linda primero y toda neurótica cuando pasaba a la parte de *sí-quiero-verte-pero-luego-quedamos*.

Y ya, la cereza en el pastel, el hecho de que cada día estaba más cerca el viaje de mis papás y que sí iba a estar rudo quedarme sin ellos. Con todo eso en la cabeza, como que es normal que se le olvide a una que hay una tía misteriosa que nunca conoció, ¿no?

Por supuesto, el día que llevamos a mis papás al aeropuerto, a la hora de despedirnos me volví a acordar del asunto, pero mi abuela se la pasó pegada a mi papá hasta que los dejamos en el área de revisión. Sólo a la hora de darnos el último abrazo le pude decir, tratando de que nadie más oyera:

—¡Y no me contaste lo de tu hermana!

Pero él nada más me miró con los ojos todos brillosos como de que iba a llorar y me volvió a abrazar. Entonces, cuando pensé que ya no iba a soltar nada de prenda, me dijo muy quedo al oído:

—En el clóset de mi cuarto hay una caja con cosas suyas. Te doy permiso de verlas —y me soltó y se despidió de los demás.

Hicimos el trayecto de regreso en silencio. Los abuelos estaban nerviosos, como que les empezaba a caer el veinte de que tendrían que vérselas con una nieta adolescente sin ayuda de nadie. Un par de veces pensé en sugerirles que pusieran siquiera el radio, pero me dio penita. Me acomodé con la cabeza en la ventanilla para echarme una jeta pero mi abuelo, que iba manejando, me vio por el retrovisor.

—No te duermas, Isa, es un hábito muy feo. Si de veras quieres ser fotógrafa tienes que aprender a mirar con atención todo lo que pasa a tu alrededor. Aunque en el coche no vayas tomando fotos, siempre es útil ir pensando en qué encuadres usarías o qué iluminación quedaría mejor.

Mi primer impulso fue decirle: "¿De dónde sacas que de veras quiero ser fotógrafa?", pero me contuve, porque si empezaba a portarme con mis abuelos como con mis papás estaba frita. Además, ni tiempo tuve de contestar nada, porque la que respondió luego luego fue mi abuela:

—Ay, Andrés, ¿y de dónde sacas que tu nieta quiere ser fotógrafa?

Sentí que se me erizaban los pelitos de la nuca. Siguió hablando y hasta gorda me cayó:

—Sí, la niña saca fotos monas, pero en estos tiempos todo el que tenga un celular saca fotos monas. Si a Isabel le interesara la fotografía en serio, empezaría por tener una cámara de verdad.

Ahora mi impulso fue decirle a ella: "¿Y de dónde sacas tú que no quiero ser fotógrafa?", pero mi instinto de conservación me hizo morderme la lengua, y mi abuelo contestó sin darme chance a mí de decir nada.

—Son más que monas, mujer. Deberías meterte al Face y ver qué álbumes tan bonitos tiene Isa. Además, ¿qué podías esperar? Lo lleva en la sangre.

Terror absoluto: ¿mi abuelo se mete a ver mis fotos en Facebook? De pronto se me ocurrió una idea espeluznante: ¿y si RoT en realidad era mi abuelito, eh, eh? Tenía su lógica: antes vivíamos lejos y casi nunca nos veíamos. Podría ser que hubiera querido sentirse cerca de su nieta, pero sin presionarla, y que para eso creara al personaje de RoT: gótico (como la nieta), interesado en la fotografía (como la nieta), muy maduro para su edad (quizá demasiado… ¡como un abuelo!), sin *selfies* (¿quién no pone siquiera una *selfie*, por Dios? ¡Hasta mi mamá tiene su colección! Sólo alguien que esté muy traumado por su cara… ¡o que no es quien dice ser!). Claro, parte del chiste era que la nieta vivía lejos y era imposible que un día quisiera ir a conocer a su personaje, pero no contaba con que la pobrecita nieta iba a mudarse con él.

Mientras más lo pensaba, más lógico me parecía. Tanto que cuando llegamos a casa esperé a que la abuela se metiera a su recámara para encararlo.

—Abuelo, te tengo que preguntar algo —le dije, toda temblorosa por dentro pero tratando de poner cara de ruda.

Él estaba revisando los sobres que acababa de sacar del buzón. Los puso sobre la mesa y me miró con atención. Eso me distrajo un momento porque es una de las cosas que más me gustan del abuelo Andrés: siempre me pone atención como si lo que fuera a decirle fuera importante (y en este caso lo era). Pasé saliva. Y me llegó un whatsapp al cel.

Dudé: no sabía si verlo en ese momento o hasta que acabara de platicar con mi abuelo, sobre todo porque él es así de atento y me pareció que ponerse a ver el celular mientras alguien te escucha con atención es malísima onda, a pesar de que con mis papás lo hacía todo el tiempo. Bueno, ellos también me lo hacían a mí, así que estábamos a mano. Pero con el abuelo Andrés no.

—Contesta tu teléfono— me dijo él—, no vaya a ser que tus papás hayan olvidado algo.

Asentí y miré la pantalla de mi teléfono.

RoT enviado desde Cuernavaca, Morelos

¿Ya no me vas a hablar nunca? ¿Estás enojada?

Ok. El abuelo *no* es RoT, a menos que pueda manejar un celular con el poder de su mente o tenga un cómplice. Consideré esa alternativa: imaginé a la abuela sentada en la orilla de su cama, con los bifocales puestos, intentando mandar un mensaje de Whatsapp. La descarté.

—¿Todo bien, Isabelita? —preguntó mi abuelo.

Tuve que improvisar.

—Abuelo, ¿de veras crees que yo podría ser una buena fotógrafa?

Sonrió como si le hubiera dicho que era el hombre más guapo del mundo.

—¡Claro que sí! Pero en algo doña Carmela tiene razón: necesitas una cámara de verdad.

Abrí la boca para protestar, aunque no sabía muy bien qué decirle y él no me dejó hablar:

—No te preocupes, yo me encargo de eso.

Y sonrió como si estuviera planeando una travesura.

Pasaron los días y me olvidé de la conversación con mi abuelo. Es decir, a ratos me acordaba, pero entonces me sentía culpable porque también me acordaba de la tía misteriosa y me sentía tan rara que mejor me distraía de inmediato. Por ejemplo, me concentraba en que ya estaba a punto de entrar a clases en la escuela nueva o en lo que me había dicho Suza en el chat de Facebook:

Suza

en línea

Suza   17:40

¿Neto pensaste que tu abuelo era RoT? Ah, que güerquilla tan mensa!

Isa   17:40

Oh, pues. Tenía su lógica, no?

Suza   17:42

Ajá, ya me imagino a tu abuelo con pantalón de cuero negro y camisa de holanes. 😎😃

Isa   17:43

Güerquilla mensa

Suza   17:49

Oye, ¿y qué te dijo el RoT? ¿Ya quedaron de verse?

Suza

en línea

Isa   17:55

Nop. Que estuvo trabajando en las vacaciones y que va a empezar un año muy difícil en la escuela y blablablá. Que él me avisa cuando ande libre.

Suza   17:58

Se cotiza. Deberías darle unfollow y mejor buscarte en tu nueva school un morro de carne y hueso

Isa   18:01

y un pedazo de pescuezo?

Suza   18:02

Es albur?

Tenemos pláticas medio mensas, pero lo que se me quedó en la cabeza era lo de mandar a volar a RoT. Sí, había sido muy padre la amistad mientras vivíamos a sabecuántos kilómetros de distancia, pero obviamente él no estaba cómodo con tenerme como una de sus veinte millones de vecinos y yo ya estaba harta: era la primera persona a la que buscaba desde que me había hecho amiga de Suza, ¿y así me pagaba? Miraba yo mis *selfies* en Facebook para tratar de encontrar qué era lo que no le gustaba de mí, pero no encontraba nada especialmente horroroso. Jamás lo diré en público pero creo que hasta bonita soy: tengo los ojotes café oscuro de mi mamá y la nariz como de pellizquito de mi abuela Carmela. Hasta los trece años fui flaca, flaca, pero ahora ya me puse tantito caderona, lo suficiente para que se note más que sí tengo cintura. Como me pinto el pelo de negro intennnnso (con mechas de colores: ahorita las traigo moradas) me veo mucho más pálida de lo que soy (bueno, por eso y porque nunca dejo que me dé el sol), pero eso no es malo, ¿o sí? Y bueno, sí, tengo mis defectos: tengo pecas, que odio, y un diente medio astillado, y al menos una vez al mes me lleno de barros (maravilla de ser mujer, grrrr), y a ratos siento que estoy gorda pero ésa en particular es una cosa bien rara porque, según la orientadora de no me acuerdo qué escuela, una está pasada de peso o no está, y se siente triste, enojada o sacada de onda, pero no gorda,

porque gorda no es un sentimiento. Así que cada vez que me siento gorda, en vez de verme al espejo (porque si lo hago en serio veo mil lonjas que cuando estoy de buenas no veo), me trato de poner a pensar qué otra palabra le queda bien a mi estado de ánimo: ¿chípil?, ¿ansiosa?, ¿insegura?

El chiste es que RoT había visto mis fotos y me había dicho varias veces que me veo muy bien en ellas, y yo misma creo, cuando ando de buenas, que no me veo mal. Pero justo en esos momentos yo nada más quería darme de topes porque no me atrevía simplemente a desamigar a RoT en Facebook y darle *unfollow* en Twitter y borrarlo de Smugmug y bloquearlo en mi Whatsapp y… ¡Qué difícil es borrar a alguien de la vida en estos tiempos de internet! Lo más que logré fue hacerle una media ley del hielo: en vez de decirle que estaba enojada porque no quería verme, le inventaba que estaba muy ocupada y nomás le contestaba con iconitos. Y mientras tanto me aferraba a la esperanza de que entrando por fin a la escuela conocería gente interesante y podría decidirme a cortar definitivamente todos los lazos con el sangrón de RoT.

La cámara te hace olvidar que estás
allí. No es que te escondas sino que, de
tanto estar mirando, olvidas.

Annie Leibovitz

9

¿A QUIÉN SE LE HABRÁ OCURRIDO que las siete de la mañana es buena hora para entrar a clases? Seguro a alguien que no tenía que pasar lista. Para estar a las siete en un salón de clases al que nunca has ido tienes que tratar de estar en la dichosa escuela al menos al diez para las siete. Y eso suponiendo que no sea una de esas escuelas gigantes con veinte mil patios y pasillos laberínticos y salones repartidos en varios pisos: me ha tocado una que otra de ésas y de veras dan ganas de ir tirando migajitas como Hansel y Gretel para no perderse.

Y, claro, para estar al diez para la siete en la escuela te tienes que parar mínimo una hora antes si vives en un lugar como Puebloquieto, donde haces diez minutos a pie a cualquier lado, pero si vives en una ciudad monstruo donde una distancia de cuarenta minutos en coche les parece "corta", pues agrégale tiempo, incluso si tu escuela está más o menos cerca de tu casa. Por ejemplo yo: para llegar a la escuela al diez

para las siete, bañada, más o menos peinada, vestida de un modo con el que estuviéramos cómodas la abuela y yo, bien desayunada y con todo lo que necesitaba para el día, tuve que levantarme a las cinco y media de la madrugada. Horror. Y a pesar de que mi abuelo me llevó en su coche por más que le dije que me podía ir a pie o en micro (a pie haré unos veinte o treinta minutos y en micro no más de diez), aún así llegué al salón a las siete y cinco.

La puerta estaba cerrada. Dudé. ¿Estarían ya en clases? ¿Sería uno de esos maestros mala onda que no dejan que nadie entre después de ellos? Pegué la oreja a la cerradura para oír qué pasaba adentro pero al mismo tiempo traté de poner mi mochila en el suelo. Definitivamente no soy *multitasking*: lo único que conseguí fue que el peso de la mochila me hiciera perder el equilibrio, así que me estrellé contra la puerta, que no estaba con seguro, y entonces caí de rodillas adentro del salón. "Valiente manera de presentarme con mis nuevos compañeros", pensé, y cerré los ojos esperando una carcajada que nunca llegó, y eso que seguramente se veía de lo más ridículo: la chavita darki, vestida con una falda de terciopelo negro a los tobillos, medias de rayas blancas y negras, unas botas industriales viejísimas y cuarteadas (tanto que ni se notaba si habían sido negras, azules o verdes —fueron verdes—), arrodillada a un lado de la puerta, con cara de no haber terminado todavía de despertar y —horror— con un solo ojo pintado… Porque

hasta ese momento no me había acordado de que apenas estaba terminando de pintarme un ojo cuando mi abuela me llamó a desayunar y pensé "Ahorita subo a lavarme los dientes y pintarme el otro", pero no lo hice. Para morirme. Como si la estética gótica no fuera motivo de burla suficiente para los normalitos que prefieren los jeans azules y las playeras blancas, aquí estaba yo haciendo mi *performance* de presentación, ¡y con aliento a desayuno!

Pero como de veras nadie se rio ni nada, me atreví a abrir los ojos y me encontré con que el salón estaba completamente vacío, excepto por una persona: en la última fila, clavadísimo en un cómic, estaba un tipo guapísimo: pelo muy negro, un poco más largo de lo que les gusta a los maestros de todas las escuelas, con un *piercing* en la nariz y una cicatriz en la mejilla que le daba un toque de mafioso. Por si no fuera sufi-ciente, estaba vestido todo de negro. Ni siquiera parecía haberse dado cuenta de mi espectáculo, así que me paré con toda la intención de salirme sin ser notada.

—Seguro están en el laboratorio de química —dijo el chavo sin levantar la mirada de su cómic.

—¿Eh? —fue lo único que se me ocurrió, porque ni siquiera estaba segura de que me estuviera hablando a mí.

—Eres nueva, ¿verdad? La Ardilla da todas sus clases en el laboratorio.

—¿La Ardilla es la maestra de química?

Definitivamente, dejar una buena primera impresión no es lo mío: me topo por primera vez en años con alguien que tiene pinta de gente interesante y me caigo al entrar, me le quedo viendo como mensa y le hago preguntas tontas.

—No, es una ardilla de verdad, nada más que es superdotada y tiene un doctorado en química.

Era una situación muy incómoda: yo no sabía llegar al laboratorio de química pero preguntarle me daba pena. También me daba curiosidad que él no pareciera interesado en ir a la clase de química y, ya en ésas, que se viera bastante más grande que yo, unos tres años. Pero preguntarle por el laboratorio no sonaba a buena idea, y preguntarle por su edad o su interés por las clases, menos. Salirme sin decir nada no se me antojaba mucho, pero mientras más lo veía, más se clavaba él en su cómic. Sólo un momento levantó la mirada, pero al verme a la cara se sonrojó y volvió a meter la nariz en su revista. Me hubiera gustado pensar que mi belleza le perturbaba, ja, pero seguro era más bien mi *look* de un ojo pintado y el otro no.

—Sales al pasillo, tomas por la derecha y te vas hasta el final: ahí están los laboratorios.

—Gracias —fue lo único que me atreví a decir, y alcancé la puerta.

—Sacúdete la falda, se te llenó de polvo en el aterrizaje forzado —todavía dijo.

Sentí que me moría de la vergüenza pero al menos ya estaba fuera de su alcance. Vi la hora: ¡las siete y quince! ¿Todavía tendría caso ir a la clase de química? Quise pensar que no, pero era hacerme tonta sola: si la clase era de siete a nueve, y era la primera del año escolar, seguro que todavía tenía caso. Nada más hice escala en el baño para acabar de maqui- llarme y sacudir bien mi falda. Ah, y para verme la rodilla, que me ardía. Por suerte era un rasponcito de nada: lo que más se había dañado era, claro, mi ego.

Llegué por fin al laboratorio y, sí, ahí estaba el resto de mi grupo. Me tuve que aguantar la risa cuando me presenté con la maestra porque de veras parecía una ardilla: chaparrita, cachetona, dientona y toda nervios. También era muy amable: se disculpó como mil veces por no haber dejado escrito en el pintarrón que la clase sería en el laboratorio y me preguntó, quedito, si quería presentarme con todos mis compañeros ahí, pasando al frente, o si prefería hacerlo más "casual", por mi cuenta.

—¿Usted qué me recomienda? —le pregunté, un poco perdida: si el plan fuera, como en las escuelas anteriores, quedarme a lo mucho el año escolar completo, me habría dado exactamente igual; pero si la onda era quedarme todo lo que quedaba de prepa, tenía que ser más cuidadosa para no terminar siendo la apestada del salón.

En vez de responderme, la maestra golpeó en el pintarrón con la parte de madera del borrador. Todos voltearon a verla.

—A ver, niños: tenemos una compañerita nueva, se va a presentar —dijo, como si de pronto se hubiera convertido en auxiliar de educadora de preescolar.

Sentí que me ponía roja. Al fondo, una voz de chava susurró:

—Hmmm. Otra vampira. Como si no tuviéramos ya una plaga.

Otras dos voces se rieron quedito.

Tenía que decidir rápido qué hacer. Nunca, desde que empezó la gira por las escuelas, me había sentido tan pero tan presionada el primer día de clases: jamás había tenido esta sensación de que cualquier cosa que hiciera o dijera podía marcar mi destino. Suena melodramático, pero en serio que así me parecía. Decidí que prefería ser una apestada sin amigos que el puerquito de las fresas del salón, así que sonreí como si fuera la persona más segura del mundo, y hablé:

—Me llamo Isabel. Y no tengan miedo, no soy vampiro.

Varios compañeros voltearon hacia la parte de atrás del salón y se rieron. Alcancé a ver que una chavita, obviamente súper fresa, hacía una mueca de disgusto. Al menos ya sabía quién había hecho el comentario estúpido.

La maestra se me quedó mirando; creo que esperaba que yo dijera más cosas, pero no me iba a arriesgar a echar a perder mi presentación. Así, neutrita y un poquito hostil, estaba bien. Cuando se dio cuenta de que efectivamente yo no iba a decir nada más, suspiró.

—Saquen su libro y ábranlo en la página 17 —y volteó a verme de nuevo—. ¿Dónde te pondremos?

—Acá hay un lugar —dijo una voz de mujer.

—Ah, muy bien, Poupée. Digo, Lupita. Digo... —la maestra no supo qué más decir y me hizo señas de que me fuera a sentar.

Poupée o Lupita o como se llamara era una chava un poco más alta que yo, pelirroja y pecosa. Traía una playera viejita de Depeche Mode, jeans negros y tenis Converse. Junto a ella, un chavo como cinco centímetros más bajo, también vestido de negro, nomás que su playera era de Impaled Nazarene, una banda de metal pesado.

—Él es Manu y yo soy Poupée. Bueno, así me dicen en mi casa, pero como la Ardilla es novia de mi tío... ya te imaginarás —me dijo ella, quedito.

—Yo no soy dark, ¿eh? Soy metalero —me dijo Manu—. Pero somos tan poquitos los alternativos en la escuela que hacemos frente común contra los fresas.

—¿Y cómo saben que soy dark y no *poser*? —les pregunté, un poco a la defensiva. Me parecía muy raro que me hablaran así sin conocerme.

Poupée sonrió.

—Te vimos el otro sábado en el Chopo. Estabas con el Chavarrock. Ese güey es mítico.

—¿Chava? ¡Órale! Es muy buena onda, es amigo… —me detuve; decir "amigo de mi papá" no suena nada *cool*.

—¿Es tu amigo? —preguntó Manu, todo emocionado—. ¡Él ha entrevistado a todas las bandas! ¡Todas!

—¡Silencio todos! ¿Quién está hablando? —preguntó la Ardilla en un tono que sonaba más a burocracia que a disciplina.

—¡Los vampiros, maestra! ¿Quién más? —respondió la fresita que la había agarrado contra mí desde el principio.

—No la peles— dijo muy quedito Poupée.

El resto de la clase puse tanta atención como pude y lo único que me quedó bien claro es que la Ardilla es muy barco y la química muy difícil. Estaba a punto de quedarme dormida cuando sonó una alarma idéntica a la que en mi última escuela avisaba de los simulacros de incendio, sismo, tsunami o amenaza extraterrestre, y del susto casi me caigo del banquito en el que estaba (porque en el laboratorio, en vez de sillas, hay bancos altos, como si fuera un bar bohemio de Puebloquieto). Esa alarma aquí indicaba cuando terminaba o empezaba cada clase. En este caso terminaba química y teníamos diez minutos antes de que empezara literatura universal.

—¡Vente!, ¡rápido! —dijo Poupée y me jaló del brazo antes de que pudiera bajarme del banquito. Otra vez estuve a punto de caerme, horror, pero Manu me detuvo justo a tiempo.

Ya que estuvimos afuera, Poupée me explicó:

—Nos salimos rápido para no tener que pasar junto a Adoración.

—¿Quién? —pregunté, todavía sin poder creer que alguien se llamara así.

—Adoración, la Fresa Maligna, la fulana obsesionada con que somos vampiros.

Yo me moría de risa: ¡¿con ese nombre se atrevía a burlarse de nosotros?! La ropa negra, si quiero, me la quito (y no quiero porque me encanta como se ve), pero ¿a poco ella podía quitarse ese nombre ridículo?

—Caray, ¿cómo le ponen así a un bebé? ¿No cuenta como tortura psicológica? —reflexioné.

—Yo no me burlo tanto porque llamarme Lupita y ser dark es medio raro, y Poupée significa muñeca, así que muy rudo tampoco—se quejó Poupée.

—Ya te dije un chingo de veces que te podemos decir Loop, güey —dijo Manu.

—No me acaba de convencer. Y no me digas güey, güey.

Me habían caído bien esos dos, pero mi alarma antisocial empezó a sonar durísimo dentro de mí. O sea, empecé a sentirme muy incómoda y me dieron ganas de quedarme sola.

—Los veo al rato en el salón —les dije.

—No, espérate, que todavía no te damos el *tour* —dijo Poupée y me agarró del brazo.

—No trates de resistirte a la voluntad de Loop —dijo Manu—. Además está chido que conozcas de una vez todo lo que hay que conocer.

En eso sonó otra vez la chicharra.

—Bueno, te salvó la campana —sonrió Poupée—. Toca clase con la Pasita y ahí sí no se anda uno con juegos.

—En clase de la Pasita es mejor sentarse en primera fila. Hay que apurarnos, o las ñoñas del salón nos van a tratar de ganar el lugar —dijo Manu mientras caminaba, cada vez más rápido, sin importarle mucho dejarnos atrás.

Hay algo de verdad en eso: en todas las escuelas a las que he ido hay cierto acomodo en los salones. En la primera fila se sientan los ñoños súper aplicados y los barberos. Estos dos grupos siempre se están peleando por los lugares más cerca del escritorio, unos porque no quieren perder ni media sílaba de lo que dicen los maestros y los otros porque aprovechan cada instante para "hacer méritos" o, lo que es lo mismo, lamerles las botas a los profesores. Son los típicos de *Yo le llevo sus cosas al otro salón, miss*, o de *¿Le limpio el borrador?* Ésos, claro, son también los que lloran y suplican que les suban un cuarto de punto o una décima de punto cuando llega la hora de las calificaciones.

Por cierto: los ñoños, cuando llegan a sacar malas calificaciones, también acostumbran perder el estilo. En ese caso es peor, porque andan como limosneros por media décima para llegar al diez absoluto. No se me ocurre qué maestro que se respete podría tenerles cariñito o lástima a personas así.

En la parte de atrás del salón se sientan los rebeldes y los burros. También los repetidores, aunque esos prefieren la zona más cercana a la puerta, porque en cuanto los dejan salir a descanso corren a buscar a sus amigos no repetidores. Ésos no acostumbran hacer amistad con el grupo, aunque sí tienen a un ñoño o a una barbera de cabecera para que les pase las tareas cuando no van, que es muy seguido. Generalmente, al ñoño lo amedrentan y a la barbera le coquetean. En caso de que sea repetidora y no repetidor, pues tiene su ñoña o su barbero. A la ñoña le hacen creer que le van a ayudar a ser popular y atractiva y al barbero le dan puro atole con el dedo de que algún día van a salir con él.

En medio del lado de la puerta van los deportistas, hombres y mujeres. Son los que en cuanto sale un maestro organizan cascaritas o partiditos de voli o cualquier otro tipo de actividad física. También en medio, pero del lado de la pared, van los antisociales, siempre dejando un lugar entre uno y otro. Eso es muy fácil de hacer: te sientas junto a la pared o la ventana, según sea el caso, y pones tu mochila en el asiento

de junto y los pies en el de adelante. Con eso te creas tu isla personal para que nadie se acerque. Obviamente, ése es el lugar que yo acostumbro ocupar en los salones. No esta vez, que de repente estaba sentada entre una darketa pecosa y un metalero chaparrito, justo enfrente del escritorio. Obviamente me sentía la más rara.

Nomás para terminar: en el resto del salón se sientan todos los demás: los que son buenos para una sola materia, los que se llevan bien con todos, los que tocan la guitarra o practican esgrima. Los afortunados, pues: los que pueden ir por la vida nomás viviéndola en vez de preocuparse por un rol asignado o un asiento específico. Las películas gringas maltratan mucho a estos personajes y de *losers* no los bajan, pero la verdad es que son los que se la pasan más a gusto (o al menos esa impresión me da).

—A ver, todos callados, mirada al frente, erguiditos por favor —irrumpió de pronto una voz. No era que estuviera gritando, era simplemente que era la voz de alguien que se sabe autoridad.

—Usted es nueva aquí, ¿verdad? —y la dueña de la voz, que medía como metro y medio o un poco menos, me estaba mirando fijamente.

La fotografía, para mí, es atrapar un
momento que pasa y que es verdad.

Jacques-Henri Lartigue

10

LE DECÍAN LA PASITA por chiquita y arrugada. Era la maestra con más antigüedad en la escuela, según me chismearon Poupée y Manu. Era también la única que podía controlar a los grupos sin tener que levantar la voz.

—Ya sé quién es usted, señorita —me dijo—. Y también sé quién es su abuelo, así que si se porta mal, tengo con quién acusarla.

Adoración soltó una risita.

—Y usted, señorita Egolatría, me hace favor de no reírse en mi clase —le dijo la maestra.

Era impresionante. Todos estaban bien sentados, calladitos, tomando apuntes, y eso que la maestra apenas estaba dictando las reglas del curso.

—Dos faltas, están dados de baja en mi clase. Dos tareas que no traigan, baja. Dos veces que no puedan responder mis preguntas, un punto menos sobre la calificación final. Yo llego y cierro la puerta, nadie entra después de mí. Nadie sale al baño, nadie habla si no le doy la palabra. ¿Entendido?

Todos asentimos con la cabeza.

—Cada clase paso lista. Yo digo el apellido y ustedes, en vez de decir "presente", me dicen algo de lo que vimos la última clase o de lo que quedó de tarea. Si no saben nada, mejor quédense con la falta. Y tampoco quiero que me echen rollos eternos que no dicen nada, ¿eh, Mendoza? —y se quedó mirando muy fijo a una de las chavas de adelante.

Por su ropa, que era falda de mezclilla larga y un suéter tejido, adiviné que Mendoza pertenecía a la subespecie ñoña-barbera: no son tan brillantes para ser ñoñas verdaderas, así que le meten un poquito de adulación para asegurar sus ochos y nueves.

—Y ahora, un examen de diagnóstico para ver cómo andan de su ignorancia. Saquen una hoja y pónganle nombre y grupo.

Hace varias escuelas que sé que no tiene caso esforzarse mucho en un examen diagnóstico, así que estaba decidida a contestar sólo lo que supiera. Lo chistoso fue que me sabía casi todo, supongo que por el repaso que tuve que dar para el examen de admisión. Así que terminé e hice lo que en la última escuela: volteé la hoja, puse la pluma encima y me crucé de brazos.

—¿Ya terminó? —me preguntó la Pasita como con burla.

Asentí con la cabeza.

—Pues no nos robe el oxígeno. Deme su examen y sálgase —y habló al grupo—: Los que acaben su

examen me lo entregan y salen. Se quedan cerca; cuando acaben todos los llamo otra vez y seguimos con la clase. Y así va a ser siempre que tengamos prueba escrita, ¿entendieron?

—El año pasado nos dejaba ir cuando acabábamos los exámenes —se quejó un chavo alto de pants y gorra como de beisbol.

—Y por salirse rápido y matar clase algunos ni siquiera intentaban contestar, Domínguez, como usted comprenderá.

Domínguez torció la boca pero no dijo nada más. Yo aproveché para pararme, entregar el examen y salir. En la puerta me encontré con el darketo de la mañana.

—¿Ya entró la Pasita? —me preguntó.

Tenía una voz profunda que me gustó como para vocalista de una banda. Me imaginé que me decía algo al oído y sentí cosquillas en la oreja. Luego sentí que me ponía roja porque me seguía mirando fijamente.

—¿Quién? —pregunté yo, muy tontamente, porque ya sabía quién era la Pasita.

—La maestra de literatura —contestó ya con impaciencia.

—Ah. Sí, está haciendo un examen diagnóstico.

Se quedó ahí, a dos pasos de la puerta, pensativo.

—¿Está de buenas o de malas? —volvió a preguntarme.

—A mí me pareció que de malas…

—¿Sacó a alguien por hablar o por bostezar?

—No...

—Entonces no está tan de malas —me sonrió y se metió al salón.

Justo en eso salió Poupée.

—Está buenísimo, ¿verdad? —me dijo.

—¿Qué? —pregunté en automático, ya un poco cansada de no entenderle nada a nadie.

—¿Qué de qué?

—¿Qué está buenísimo?

—¡Pues Alex! —me contestó. Y como seguro puse cara de *what*, aclaró—: el darki que entró al salón cuando yo salía. ¿A poco no está buenísimo?

Me ganó una risa nerviosa.

—Sí, la verdad sí. Pero...

—¿Le puedes poner un *pero*? ¿Viste sus ojos? ¿Su cicatriz? Chiquito Papi está lo máximo.

—No, bueno, no es que le ponga un *pero*. Si me lo regalas me lo quedo, claro. Pero... se ve bastante más grande que nosotras, ¿no?

—Eso, mi querida novata, no es un defecto, es una virtud. Estamos rodeadas de mocositos y sólo vemos a los de sexto cuando se dignan pasar por aquí camino al baño. Pero Alex está requinteando, reina.

Requinteando. Chale. De repente era como si Poupée me hablara en otro idioma.

—Requinteando, mija, repitiendo quinto. Si repites cuarto, recuarteas. Si repites quinto, requinteas.

Si repites sexto tus papás se ponen como locos porque creen que nunca vas a entrar a una universidad y te meten a estudiar computación o inglés en lo que pasas los extras.

—¿Y por qué está repitiendo?

—Parece que el año pasado dedicó más tiempo a repetir materias de cuarto y por eso reprobó las de quinto.

—¿Y por qué reprobó las de cuarto?

—Tanto no sé. Es medio mamón, no habla con nadie, así que no he encontrado quién me cuente esa parte del chisme. Y como encima le cae en la punta del hígado a Manu, pues peor.

—¿No estará celoso Manu?

Poupée se me quedó mirando como si ahora fuera yo la que hablara en otro idioma. En eso salió Manu del salón.

—¿Ora a quién están recortando, vampiritas? —nos preguntó.

—¿Cómo ves que aquí la compañera le pone *peros* al mamoncete de Alex?

—Ay, Chiquito Papi. ¡Pero si está buenísimo! —dijo Manu—. Lástima de veras que sea tan pero tan mamón. Y hetero, pero es peor que sea mamón.

Sí me sorprendió, la verdad. Ni en mil años habría yo adivinado que Manu fuera gay. Entonces me sentí muy muy muy avergonzada conmigo misma al darme cuenta de que había caído redondita en un cliché del

tamaño del mundo: pensar que todos los gays tienen que ser amanerados o femeninos. Todavía peor: era otro de esos momentos en que me divido en dos y una parte de mí es racional y sabe cosas, en este caso, que puede haber chavos con modales delicados que no son gays, chavos rudísimos que sí lo son, chavos de lo más enigmáticos de los que nunca vas a saber su orientación si ellos no te quieren decir, y chavos que disfrutan contándosela a todo mundo, sean gays, bisexuales o hetero. Y que lo mismo pasa con las chavas, claro. Ah, pero la otra parte de mí parecía copia fotostática de todo lo que odio de mi mamá y se había ido con la finta: "Si se ve varonil, a fuerzas es heterosexual". Me choca cuando me pasan esas cosas, porque según yo soy bien *open-minded*, y cuando me cacho así de retrógrada me dan ganas de patearme yo solita. Por suerte, esta vez nadie se dio cuenta. Manu y Poupée seguían platicando como si nada acerca de Alex.

—¡Chabela, pélanos! —gritó de repente Manu, cuando vio que yo andaba en la luna.

—Chabela no, por favor —le supliqué—. ¿Qué tal Isa?

—Neh, no me gusta. Se presta a que te digan Taquiza. O Maciza.

—O Madriza —intervino Poupée, divertida.

—Ándale, Lupita. ¿Así nos llevamos? —le pregunté y nos reímos los tres.

—¡Ya sé! —exclamó triunfalmente Manu—, ¿qué te parece Izzy? Visualízalo: *I, zeta, zeta, y griega*. Como el de Guns. ¡Rockea!, ¿no?

—¿Guns? Eso es como de hace veinte años, ¿no? —se burló Poupée.

—Claro, pero el hard rock noventero rockea, mija. Y ni empieces de criticona, que te puedo recordar de qué año es tu disco favorito de Joy Division.

Mientras ellos discutían, escribí en mi cuaderno: "I-Z-Z-Y". Se veía bien.

—Ya, no discutan. ¿No quedamos en que los alternativos unidos no serán vencidos? Me quedo con Izzy.

—*Hell yeah!* —gritó Manu haciendo ese ademán metalerísimo de mostrar la palma con el meñique y el índice levantados y dejar doblados el pulgar, el anular y el de en medio. Como haciendo cuernos, pues.

Imité el ademán, muerta de la risa, y Poupée nos miró torciendo los ojos para arriba y negando con la cabeza, como si le pareciéramos los más inmaduros.

—¿Qué es eso, se creen Álex Lora?

—*Esto* —le contestó Manu haciendo el ademán otra vez, y usando un tonito como de maestro de escuela —se llama *mano cornuta*, y es un símbolo del *heavy metal* desde los años ochenta.

—Mira tú, qué interesante —respondió ella fingiendo un bostezo.

—Cultura general, chava. Para que sepas, lo puso de moda Ronnie James Dio, no Álex Lora.

—¿O sea que es pura moda? —se burló ella—. Además, ¿ese señor quién es?

Manu se llevó las manos al corazón y abrió bien grande la boca.

—Ay, me da el infarto. ¡Chamaquita irrespetuosa!

—Ya, no te mueras y mejor dime quién es Ronnie lo que sea y por qué puso de moda el *cornetto* —intervine.

—Bueno, ustedes me quieren matar, ¿verdad? —siguió Manu en su papel de ofendido, pero volvió a la pose doctoral—. Ahí les va. Ronnie James Dio fue vocalista de Black Sabbath. Y la *mano cornuta* —y puso énfasis en la pronunciación correcta— o *maloik* es un gesto para evitar el mal de ojo.

—A mí me habían dicho que significa "Te amo" —dijo Poupée.

—Seguro te lo dijo el ignorante ese del Priego —y volteó a contarme el chisme—. Esta mensa anduvo el año pasado con un metalero de sexto feíííííííísimo y pura pose, de esos que dizque son expertos en todo pero que en realidad no saben nada. Nomás que como el güey tenía una revistita de esas que haces en Word y fotocopias en la papelería, ésta creía que era *rock star*.

—Oh, bueno, fue un error. Parecía interesante.

—Tú confundes mamón con interesante. La revistucha del Priego y sus amigos estaba llena de faltas de ortografía y cada dos números dedicaban media revista a Metallica. Ni siquiera buen metal, carajo.

—Oye, pero estábamos con lo del *hell yeah* —le recordé, volviendo a hacer el ademán.

—Ah, pues eso: es para alejar el mal de ojo y no hay que confundirlo con el *shaka* de los hawaianos, que es así —dijo y me acomodó los dedos de modo que quedé nomás con el pulgar y el meñique levantados, como si hiciera ademán de hablar por teléfono— ni con el "Te amo" del lenguaje de señas —y me hizo extender también el índice mientras le sacaba la lengua a Poupée.

—Y así es como Izzy-hell-yeah conoce el oscuro secreto de Manu: es la Wikipedia ambulante.

En eso sonó la chicharra otra vez. Y me sorprendieron dos cosas: la primera, que no me sobresalté como las veces anteriores, y la segunda, que no sentí ganas de escabullirme de Poupée y Manu para sentarme sola.

—Y en el salón todavía hay como diez resolviendo el examen de la Pasita —se burló Poupée—. ¿Matamos la que sigue y le damos el tour a Izzy?

La divina inspiración es corta si no
tienes herramientas.

Antonio Turok

11

EN LUGAR DE ENTRAR A INGLÉS, Manu y Poupée me llevaron a dar el rol por la escuela. *Los lugares que conviene conocer*, dijo Manu. Primero fue la cafetería.

—Pero aquí casi no venimos, la comida no está tan buena —dijo Poupée.

—Además de que a la hora del receso largo está llena de indeseables —añadió Manu.

—Bueno, los indeseables somos nosotros, pero no te fijes en detalles —me susurró Poupée.

—Eso sí: es un buen lugar para pasar el rato los días de frío, sobre todo si ya no te dejaron entrar a la primera clase o de plano quieres matarla. Vamos afuera a comprar un café y una dona y acá nos los tomamos —explicó Manu con la eficiencia de un guía de turistas.

Luego me llevaron a las canchas. Había una de fut, una de básquet y tres mesas de ping-pong. Enfrente de la de fut había unas gradas en las que estaban dos o tres chavos, pero no juntos.

—Acá vienen los que fuman. Casi nunca vienen los prefectos, así que no faltan hasta los que le tupen a la mois —dijo quedito Manu.

—¿Fumas? —me preguntó Poupée.

Negué con la cabeza.

—¿Ves, tonta? —le dijo Manu, y luego a mí—: Ésa es otra cosa que le dejó el baboso de Priego: le enseñó a fumar, y no sabes qué difícil fue que lo dejara.

De ahí nos fuimos a la biblioteca.

—No hay lugar como la biblioteca para matar clases: acá nadie te busca—dijo Poupée, pero la bibliotecaria nos corrió inmediatamente.

—Eso sí —dijo Manu, ya afuera—: la señorita Flores, la bibliotecaria, es la pura buena onda si está uno adentro leyendo, pero si te ve chacoteando te saca de inmediato.

Luego me llevaron a los laboratorios y a los talleres y hasta salimos de la escuela a la papelería y al puesto de las quecas.

Para más suerte, resultó que Poupée y Manu viven bastante cerca de casa de mis abuelos. Por lo visto no sólo mis abuelos creen eso de que "la mejor escuela es la escuela cerca de casa".

Llegué a la casa de mis abuelos de muy buen humor. Mi abuelo estaba en la sala leyendo el periódico. Me senté junto a él y le conté todo mi día, excepto la parte de que me había volado inglés, claro.

—¿No tienes hambre? —me preguntó.

Sí tenía, y mucha: aunque Poupée y Manu me llevaron a conocer el puesto de las quesadillas, no nos quedamos a comer nada ahí porque justo estaban el ex de Poupée y sus amigos.

—Tu abuela no está pero nos dejó comida para calentar. Lávate las manos mientras la pongo en el microondas —dijo.

Ya que estábamos en la mesa frente a una sopa de poro y papa en caldillo de jitomate (¡deliciosa!), le pregunté dónde andaba la abuela.

—Se fue con las *muchochas* —dijo entre risas mi abuelo—. Son sus amigas desde la secundaria, ¿puedes creerlo? Una de ellas, Maribel (ya la conocerás), es su mejor amiga desde cuarto de primaria. Siempre estuvieron en el mismo salón, hasta la prepa.

—¿De verdad? —no podía creerlo; la posibilidad de compartir tanto con una sola persona me sonaba a ciencia ficción—. ¿Y todavía tienen de qué hablar?

—Ay, hija. ¡Si el problema es callarlas! Cuando les toca su reunión aquí en la casa, yo mejor me voy a un café o al cine. O aunque sea al garaje a dizque arreglar las cajas de triques.

Me reí nada más de imaginarme a la abuela en la chorcha con sus amigas, pero también me dio tantita envidia: ¿cómo era posible que mi abuela tuviera más vida social que yo?

Se me ha de haber notado en la cara, porque al servirme el segundo tiempo —unas tortitas de papa

con jamón acompañadas de lechuga con limón y sal—
me acarició la mejilla y me dijo:

—Tú también vas a hacer amistades de las que
duran. Es más, presiento que esos muchachitos que me
cuentas se van a quedar en tu vida un largo rato.

Quise pensar que eso sonaba aburrido, pero la
verdad es que la perspectiva de pasar años y años con
Poupée y Manu me gustó (incluso más que las tortitas de papa, que estaban buenísimas).

—Todo es cosa de que también le des chance a
la gente de acercarse realmente a ti —siguió—.
Entiendo que puede parecer más seguro no encari-
ñarte con la gente de verdad, la que realmente te
rodea, pero verás que a la larga vale la pena.

El abuelo tenía un buen punto: llevaba casi dos
años de textearme con RoT y cuando las cosas estaban bien era muy padre, pues realmente nos enten-
díamos increíble; pero cuando pasaba algo *uncool*,
él simplemente me evadía hasta que se me pasaba
el berrinche o bromeaba para restarle importancia.
La diferencia entre él y yo era que él seguro tenía
una vida fuera de internet, así que le daba lo mismo
llegar media hora tarde al chat o irse luego luego si
iba a hacer alguna otra cosa, mientras que yo llegaba
a la compu media hora antes de nuestra cita y me
quedaba como mensa, casi sin parpadear, viendo la
lista de contactos conectados hasta que por fin se
aparecía.

Más o menos lo mismo me pasaba con Suza, aunque sin los panchos: con ella no me ponía como fan despechada pero sí me daba cuenta de que a veces le costaba trabajo hacerse de tiempitos para cotorrear conmigo en vez de irse de reven con Carlos y con Ilsa y la Nutria, sus amigas de carne y hueso. O veía en Facebook las fotos de sus fiestas y me daba tristecita, porque aunque me contara todo con lujo de detalles en el Skype, no era lo mismo que estar ahí.

—No te me pongas triste —dijo el abuelo—. Es cosa de darles la oportunidad a estos muchachos, dártela a ti misma, y darle tiempo al tiempo. Ya sé que es un cliché, pero eso no le quita lo cierto.

Si mi mamá o mi papá me hubieran salido con eso, seguro me habría puesto a contradecirlos por horas o me habría burlado de sus frases hechas, pero con mi abuelo Andrés no me ponía tan punk (a saber por qué).

—Oye, Isa, ¿ya subiste a tu recámara? —me preguntó de la nada, pero con una sonrisa tan traviesa que supe que había gato encerrado.

—No me mires como detective y ve a ver qué te encuentras —insistió.

Nada más por principio me obligué a subir despacito, como si en realidad no me emocionara la perspectiva de una sorpresa. *No tengo siete años, no tengo siete años, no tengo siete años*, me iba repitiendo mientras daba un paso y otro y otro, aunque por dentro tenía el impulso de subir los escalones de tres en tres.

Entré en mi recámara. Sobre la cama había una mochilita rectangular, con correa… No tuve que abrirla para saber qué había adentro: ¡una cámara! Ah, pero por supuesto que la abrí de inmediato. Me quedé boquiabierta. No sabía gran cosa de fotografía, lo admito, pero aquello no tenía nada que ver con un *smarthphone* con camarita ni con una cámara digital para vacaciones como la de mi papá. La saqué de la mochila con mucho cuidado, como si de pronto mis dedos fueran de mantequilla o la cámara fuera un gatito travieso que pudiera escaparse de entre mis manos. La levanté despacio y sentí su peso: no era un juguete, definitivamente. Quise tomar una foto y me sentí perdida: no era cosa de hacer *click* y ya.

Tocaron muy suavecito a la puerta. Obviamente, era mi abuelo.

—¡Abuelito! ¿Qué es esto? —le pregunté, toda mensa yo, como siempre que me emociono, me enojo o no sé qué decir.— O sea, sí, ya sé que es una cámara, pero…

—¿Te gusta?

—¡Claro!

—Es un regalo de bienvenida de parte de tu abuela y yo. Queremos que sepas que ésta es tu casa.

Clarito sentí que me ponía roja.

—Ay, abuelo. Pero creo que no sé cómo usarla…

—¿Ya viste todo lo que hay en la mochila? —me respondió guiñando un ojo.

Le di la cámara con mucho cuidado y me fijé en el resto: una batería recargable, un adaptador de corriente, una memoria, una boleta de inscripción para un curso de fotografía digital...

—*Wow!* —atiné a decir.

—¿Te interesa? El curso básico es los sábados y empieza ya en una semana.

—¡Claro que me interesa! —creo que hasta grité, tan emocionada que yo misma me sorprendí.

El abuelo se veía súper contento también.

—Yo hubiera querido darte una cámara de rollo y que aprendieras a revelar en cuarto oscuro, pero el director de la escuela de fotografía me dijo que eso ya no se usa. De todos modos, me recomendó mucho esta cámara: es una 7100.

—Ah —ahora sí no le había entendido nada.

—Me dijo así: "También le funcionaría una 5200 pero si realmente le interesa la fotografía va a terminar comprándose una 7100" —y al decir esto cambió la voz: la hizo más grave y hasta se paró más derechito, muy formal.

—Híjole, abuelo, pues aunque fuera una milocho-mil punto cuarenta y cinco yo ni cuenta me daría de la diferencia. ¿El número es como la placa, el modelo o qué?

—Todo eso vas a aprender y al rato vas a ser tú la que me dé clases a mí. Pero mientras, si quieres, te enseño lo más básico.

—¡Claro! ¿Aquí o en la sala? ¿Llevo un cuaderno? —ni modo, cuando algo me interesa me sale lo ñoña.

—Mira, voy a recoger a tu abuela, que ya ha de estar a punto de terminar su reunión, y regresando empezamos. ¿Te parece bien?

Claro que me parecía bien, estaba yo emocionadísima. Primero pensé: "Con mi nueva cámara y las clases de foto por fin voy a poder olvidarme del sangrón de RoT". Y enseguida pensé: "Se va a poner verde de envidia cuando vea mi cámara nueva", así que le tomé una foto a la cámara con el cel y se la mandé por Whatsapp (en un mensajito muy frío, nada de efusiones).

RoT

en línea

IZZY   16:45

Mira mira!

RoT   16:45

Wowwwww! Es una 7100, ¿verdad? ¿Es tuya?

IZZY   16:46

Me la acaba de regalar mi abuelo.

RoT   16:46

Uff, suertuda! Yo estoy ahorrando para una de esas, pero cuestan como 900 dólares.

IZZY   16:46

¿Tanto, en serio?

RoT   16:47

Sip. Ni vendiendo mi 5200 y mi ojo de pescado junto lo de la nueva. Y tampoco quiero vender el ojo de pescado

RoT

último acceso hoy a las 16:48

IZZY   16:47

Spanish, please.

RoT   16:48

No es justo, no sabes nada de cámaras y te regalan esa chulada 😫 Me la vas a tener que prestar, eh?

IZZY   16:48

Claro. Si un día aceptas verme

IZZY   16:53

Ash. Ya otra vez me vas a ignorar?

IZZY   17:13

Mejor dime que no quieres verme nunca.

IZZY   17:30

Chaleeeeee!!!!!

Después de empezar a hacer bizco de tanto mirar la pantalla de mi teléfono, me di por vencida y bajé a la sala a esperar al abuelo. "Ojalá de veras esto de la foto me sirva para dejar de pensar en el idiota de RoT", me dije después de tratar de bloquearlo en el Whatsapp (a la hora de la hora no me atreví).

Lo importante es asombrarse con lo
que uno observa.

Graciela Iturbide

12

SI NO ME GUSTARAN el rock gótico y el terciopelo negro sería una nerdaza, porque los siguientes días me la pasé feliz en la escuela. Me inscribí al taller de teatro, no porque me vuelva loca, sino porque en ése están Manu y Poupée, y a la clase de esgrima, porque era obligatorio tomar una actividad deportiva, y aunque los deportes no son lo mío me imaginé una escena padrísima de mí vestida de pirata dándole de sablazos a Adoración y eso me hizo decidirme. Glamour, defensa personal y los créditos de actividad deportiva, todo en uno. ¿Quién te da tanto por tan poco?

Ah, porque la tal Adoración seguía metiéndose conmigo cada que podía. Su "chiste" favorito era pasar junto a mí canturreando muy quedito: *Soy-Chabela-amiga-de-todos-los-tetos*, con la música del programa de Chabelo, claro. Lo hacía cada que podía y ya me tenía harta, y eso que apenas era la primera semana de clases. Hasta que un día, saliendo de la

clase de la Pasita, cuando pasó junto a mí y la cantó, me esperé a que diera dos o tres pasos más y le hablé:

—Oye, Adoración, ¿qué es eso que cantas todo el tiempo?

Ella se dio la vuelta, sacada de onda. No se lo esperaba; se me quedó viendo sin saber qué decir.

—Es la canción de un programa que sale los domingos, ¿verdad? —seguí.

—No sé si todavía sale. Yo no veo esas cosas —me dijo.

—¿Y entonces por qué te la sabes? Es como de tetos, ¿no?

Se puso roja, roja, roja, lo que iba muy bien con su suéter rosa y su faldita de mezclilla con chaquiritas rosas y sus zapatitos de tacón rosas.

—Ah, y dos cositas: una, Chabela será la más vieja de tu casa, a mí dime Isabel, que no somos amigas. Porque esa es la dos: no soy amiga de tetos como tú.

Sin nada más que decirle, me salí. Como no se quitaba de mi camino, la empujé con el hombro, pero nomás tantito. De reojo pude ver que Alex, el darketo mamón que estaba requinteando con nosotros, me miraba entre sorprendido y sonriente. Creo que era la primera vez que lo veía sonreír, caray. Sentí que mis mejillas hacían juego con la ropa de Adoración.

—¿Viste cómo se te quedó viendo Chiquito Papi? —me preguntó Poupée toda emocionada cuando íbamos ya lejos del salón.

—Estás loca —le respondí tratando de no sonreír y hacerme la mensa, pero ella soltó una carcajada.

—¡Sí-vis-te! ¡Te-gus-ta! ¡Teponenervio-sa! —canturreó.

En eso nos alcanzó Manu, que había salido un poco antes que nosotras para ir al baño.

—¿Qué pasó? ¿De qué me perdí? —preguntó.

—¡No sabes! Aquí la Izzy sacó su lado punk y le puso el alto a la babosa de Adoración.

—*Hell yeah!* —exclamó Manu e hizo su ademán de siempre.

—Lo mejor fue que Chiquito Papi estaba viendo y hasta le sonrió a aquí mis ojos —y me señaló con la mirada. Más roja me puse, pero traté de quitarle importancia.

—Uuuuy. ¿Se dio cuenta la loca esa? —preguntó Manu.

—¿Adoración? ¿Cuenta de qué? ¿De que la puse en su lugar?

—No, mujer —me explicó Poupée—: Adoración tiene un *crush* con Chiquito Papi desde el año pasado, pero no ha logrado que la pele para nada.

—Pero como el güey es el mamonazo que sabemos y no pela a nadie, pues ella no ha hecho mucho pancho —siguió Manu.

—Y hasta dice por ahí que él la estalquea en secreto y ve a saber cuánta burrada más —completó Poupée.

—Ay, bueno, pues a mí me vale. Digo, ni tengo un pacto de lealtad con ella ni me muero por Alex, ni creo que porque me haya sonreído esté interesado en mí —dije tratando de sonar desinteresada y madura, pero cuando pronuncié las palabras "me haya sonreído" se me salió una sonrisa del tamaño de mi cara, así que tuve que admitirlo—. Bueno, sí, me gusta, pero no es para hacerse ilusiones, ¿no? No vaya a terminar como Adoración.

La cosa es que cuando regresamos al salón se me acercó Alex.

—Oye, ¿qué toca ahorita? —me preguntó, su cara bien cerca de la mía.

Su aliento olía a fresco, como se supone que debe oler la boca de los modelos de comercial de pasta de dientes. Por si fuera poco, cuando me sonrió (¡porque me sonrió!), clarito vi que uno de sus dientes de enfrente destellaba como sonrisa de guapo de caricatura japonesa. Pensé que estaba alucinando y me costó un montón de trabajo pasar saliva, hacerme la *cool* y responderle:

—Creo que historia.

Ok, no fue una respuesta glamurosa o muy chispeante, pero al menos no me salió un gallo ni le escupí a la cara, así que cuenta como punto a mi favor.

—Mta, la Mumra. ¿Y había tarea para hoy? —insistió él.

De reojo vi cómo Poupée y Manu cuchicheaban y se daban de codazos, pero los ignoré. Tuve que concentrarme para responder porque, la verdad, ¿a mí qué me importaba la tarea de historia?

Él esperaba mi respuesta, sonriente. Pude ver que traía delineador negro en los ojos y sentí que me derretía. Otra vez le noté el destello en el diente. Respiré hondo y le dije:

—¿Oye? ¿Tienes un... una... un... *piercing* en el diente?

Él se carcajeó. Su risa era suave y cálida.

—No es exactamente un *piercing* porque no es una perfo. Pero sí, más o menos es la idea.

Se me quedó viendo. Yo me le quedé viendo a él. El silencio se volvió incómodo y me acordé:

—Ah, sí. La tarea era leer el capítulo dos del libro y hacer un resumen.

—¿Para entregar?

—Sí.

—Chale —dijo, pero realmente no sonaba preocupado—. Bueno, luego platicamos de perfos, ¿va?

Y se fue a sentar en su lugar atrás del salón.

Manu y Poupée estaban peor de emocionados que yo. Toda la clase se la pasaron mandándome recaditos en hojas de cuaderno con cosas como de primaria: corazoncitos, besos, monos de palitos agarrados de la mano.

—A ver, se están todos en paz y pasan sus tareas de atrás para adelante —dijo la Mumra.

—¿Era para entregar? —preguntó Alex, haciéndose el inocente.

—¡Claro que era para entregar, Arroyo, ni modo que para recitarlo al frente del grupo!

—Yo pensé que era para exposición oral. ¿La recito frente al grupo? —dijo, todo seguro de sí mismo.

La Munra se le quedó viendo y suspiró.

—Entréguemelo mañana en la sala de firmas. Y que no se repita.

—Va. Gracias, profesora.

Poupée me mandó un recadito:

"Ahora hasta tiene sentido del humor. Lo que hace el amor".

Mientras lo leía, sentí clarito que alguien me miraba fijamente. Volteé a la parte de atrás del salón y le atiné: era Alex. En cuanto se cruzaron nuestras miradas me guiñó el ojo. Y entonces sentí otra mirada fija en mí, pero una que de veras pesaba. Volteé hacia adelante y pude ver que Adoración me estaba viendo con odio. En cuanto se dio cuenta de que yo la veía no me guiñó el ojo sino que se volteó para otro lado. Sentí como un pellizco en el estómago. Era la primera vez en la vida que tenía un *crush* y una enemiga en una escuela.

El resto de la clase me la pasé esperando la hora de salir del salón para hablar con Alex. Ya lo tenía todo planeado: empezaría diciéndole que había sido la onda

cómo había conseguido más tiempo para entregar la tarea y luego le preguntaría dónde le habían hecho lo del diente, si le había dolido, si le gustaban los tatuajes. Pero la clase acabó y él se salió sin voltear a verme, despedirse ni nada. Adoración se fue detrás de él y yo no tuve más remedio que salir a las quecas detrás de Manu y Poupée tratando de ocultar mi mal humor.

—No peles, así es este fulano —me dijo Manu.

—¿Qué? —fingí no saber de quién hablaba, pero él nomás me sonrió.

—Con nosotros no hay purrún, chava. A Poupée le pasó a principios de cuarto, poquito antes de enamorarse del menso de Priego, y yo caí redondito como quince minutos un día que me pidió prestados mis apuntes de física.

—¿Te coqueteó?

—No, pero ya sabes cómo se pone uno con cualquier sonrisa bonita. *Anyway*, ni te agobies. Si te busca, disfrútalo y haz que Chonita se encabrone. ¿Sí se les dice Chona a las Adoración, no?

Alex no regresó al salón para la siguiente clase, y como luego tocaba taller de teatro ya no lo vi. Lo bueno es que tampoco volví a ver a Adoración, que está en el coro o en danza folklórica, o en las dos (francamente ni me importa).

La clase de teatro no me gustó: el maestro nos puso a hacer ejercicios de respiración y luego a decir trabalenguas mientras él revisaba mensajitos en su

celular. Después de repasar dos veces "Yo vi en un huerto un cuervo cruento comerse el cuero del cuerpo del puerco muerto" decidí que había sido suficiente: opté por seguir el ejemplo del Benito Bodoque (que así le dicen al de teatro) y saqué mi cel. Para mi sorpresa, tenía *whats* de RoT y estaba en línea, así que nos pusimos a platicar.

RoT

RoT 12:20

Perdón por lo del otro día, me quedé sin pila.

IZZY 12:32

¿Y hasta ahorita pudiste poner el fon a cargar? 😕

RoT 12:32

Osh

IZZY 12:33

¿Y también se quedó sin pila tu compu, como para mandar un inbox? 😣

RoT 12:35

No seas así. 😣 Ha estado complicado todo.

IZZY 12:35

¿Puedo ayudar en algo?

RoT

último acceso hoy a las 13:25

RoT 12:36

Nah, no es grave. Pobemas, amibita, pobemas. La escuela y la casa y así.

IZZY 12:36

Pero ps para eso estamos las amibitas.

RoT 12:37

 Eres la onda.
Oye, ya llegó mi ticher. Voy a clase.

IZZY 12:37

¿Clase de qué?

RoT 12:37

Beso

IZZY 12:35

Clase de qué????

Y, típico, ya no me contestó, aunque el mensaje tenía las dos palomitas y en la ventana aparecía que se había conectado por última vez bastante después de eso. Por supuesto, cuando el Benito Bodoque me pasó al frente para decir el trabalenguas en tono de tragedia griega, la tragedia fue que no pasé de la segunda palabra. En cambio, Manu lo dijo sin equivocarse ni una vez a modo de cronista deportivo y Poupée lo hizo bastante bien fingiendo ser una turista extranjera. Salí de la escuela con una nube negra sobre la cabeza, después de que en la mañana había estado tan emocionada y contenta.

Cuando eres joven, la cámara es como una amiga: puedes ir a lugares y sentir que estás con alguien, que tienes una compañera.

Annie Leibovitz

13

Ni siquiera me mejoró el ánimo cuando llegando a casa recibí un *inbox* largo en el que RoT me decía que tenía un montón de tarea porque estaba llevando más materias de las que le tocaban pero que no se lo tomara a mal. "Además tengo algunos problemillas que ya te contaré", decía, y me incluía una liga para descargar un disco de Adrian H and the Wounds. "¿Ya escuchaste esto? Es como si combinaras música de circo con Disney y Tim Burton, te va a encantar", decía el mensaje. Primero pensé en borrarlo pero, claro, terminé bajando el disco, escuchándolo y suspirando como mensa. A ratos suspiraba por RoT y a ratos por Alex, para ser equitativa. Pensé en conectarme a Skype para contarle a Suza pero me acordé del consejo de mi abuelo y abrí un grupo de tres en el Whatsapp con Poupée y Manu.

IZZY   16:06

Oigan, ¿ya les conté de mi gran tragedia con RoT?

LOUPOUPEE   16:07

¿Es una droga?

MANNIX   16:09

No mams, Poups. Es un güey! Verdad, Iz?

IZZY   16:09

Sip.

MANNIX   16:12

¿Te dejan salir, Iz? Le saco la nave a mi jefa, paso por la Poups y vamos por ti pa que nos cuentes?

LOUPOUPEE   16:14

A mí no me preguntas si me dejan? 🙂

LOUPOUPEE, MANNIX

en línea

MANNIX 16:15

Quién, tu gato? Si tus jefes llegan tardísimo

LOUPOUPEE 16:17

Pues sí, mi gato 😎 No, pero mejor vengan acá, mi mamá me dejó dinero para pizza! 😄😄

MANNIX 16:17

Q onda, Iz, vamos?

IZZY 16:17

Vamos!

Mi abuela puso cara de no estar muy convencida, pero mi abuelo le dijo que él respondía por mí y por mis amigos.

—Los conocí el otro día que llevé a Isa a la escuela y los dos me parecieron muy formalitos —mintió.

—¿Regresas a cenar? —preguntó mi abuela.

—Creo que la mamá de Pou... Lupita va a preparar algo —dije yo.

—Bueno, pero regresa a las 9:30 a más tardar, que mañana todavía es día de escuela —dijo ella.

En ese preciso momento Manu tocó el timbre. ¡Justo a tiempo! Mi abuela insistió en hacerlo pasar y, ¡sorpresa!, en vez de playera de *heavy metal* y jeans rotos, venía con un pantalón de mezclilla azul y ¡una camisa!

—Muy buenas noches, señor, señora. ¿A qué hora quieren que traiga a Isabel de regreso? —dijo, todo formalidad.

—A las 9:30 a más tardar, joven —dijo mi abuela.

—Procuraremos estar aquí a las 9:15, señora —le respondió él con la elegancia del mayordomo de Batman. Mi abuela hasta le sonrió.

Cuando llegamos al coche, se quitó la camisa. Debajo traía una playera de AC/DC.

—¿Qué fue todo eso? —le pregunté, todavía sorprendidísima.

—Izzy, la primera impresión con los papás de los amigos es clave para que a los amigos los dejen rockear

con uno. Y como en este caso son tus abuelos, pues me traje la versión súper formal… nomás que no me supe poner la corbata.

—¡Qué bueno! Nadie te habría creído si hubieras llegado con corbata.

—No te creas, no por nada soy el mejor de la clase de teatro: "Yo vi en un huerto un cuervo cruento comerse el cuero del cuerpo del puerco muerto" —y dijo el trabalenguas como conde transilvano.

Si Manu se veía raro con sus jeans azules, Poupée parecía de otro planeta: traía unos pants blancos y estaba descalza. Me le quedé viendo mientras ella se le quedaba viendo a Manu. Le preguntó:

—Ah, ¿el viejo truco de la primera impresión?

—¡Simón! —respondió él y chocaron las manos, pero entonces él preguntó—¿Y tú? ¿Estás en una secta, o algo?

Ella le sacó la lengua.

—Menso. Acabo de llegar de mi clase de yoga y pues así es la onda, la tícher dice que es terapia de color puro; tiene que ver con el aura y no sé qué más.

—¿Entonces es a huevo ir de blanco? —preguntó Manu, espantado.

—Finísssssimo, caray. "¿Es a huevo?" —lo imitó exagerando el acento de barrio, pero entonces me vio

a mí y se le iluminó la cara—. ¡Ay, pero si tenemos sesión de chismes! Ya quiero saberlo todo, métanse, par de lentos.

Nos pasamos la tarde divertidísimos. Les hablé de RoT, leyeron todos sus mensajes y opinaron que seguramente era un tipo con baja autoestima o que ocultaba algún secreto terrible:

—Seguramente es muy feo —dijo Poupée— y tiene miedo de que lo rechaces.

—O en realidad no es darki. ¿Qué tal que en la comodidad de su casa se viste de blanco?

Poupée le aventó una almohada a Manu y siguió:

—No. Si no fuera darki, no te recomendaría música tan *cool*.

Estábamos escuchando el disco de Adrian H and the Wounds que me había recomendado RoT y realmente estaba muy bueno.

—¿No será mujer disfrazada? —preguntó Manu—. Imagínense que fuera Adoración.

—¡O la Pasita! —dijo Poupée entre carcajadas.

—¡Sáquense! —fingí enojo pero, la verdad, también estaba muerta de risa nada más de imaginarme a Adoración vestida en plastipiel negra o a la Pasita con un vestido de encajes.

Les conté del malviaje de cuando pensé que RoT podía ser mi abuelo y no me la acababa de todos los chistes que me hicieron, pero era obvio que era cura en buena onda.

—Oye, ¿y qué tal que el fulano es casado y con dos hijos? Capaz que le cayó de sorpresa que de repente vivieras en la misma ciudad y tiene una familia a la que no puede o no quiere dejar a pesar de que le encantan tus fotos, tu plática y todo —dijo de repente Poupée.

Los tres nos quedamos callados, callados, callados. Lo cierto es que sonaba mucho más lógica esa posibilidad que la de que RoT fuera en realidad la Pasita, mi abuelo, Adoración, un jorobado, un mutante o un falso gótico.

—¿Y si le pones un ultimátum? —rompió el silencio Manu—. Le dices: "O nos vemos el sábado o te borro de mi vida, porque yo no voy a perder mis mejores años con un fantasma".

—Bueno, pero se lo dices con menos drama de telenovela mexicana —sugirió Poupée.

Después de reírnos otro rato, prometí que lo iba a pensar.

—Y piénsale también cuál va a ser el plan a seguir con Chiquito Papi —dijo Poupée—. Digo, ya que andamos en el tema.

—Bueno, y ya que andamos en el tema, pensemos qué vamos a hacer con ésta —dijo Manu, señalando a Poupée—: ¿viste cómo se puso al toparse con el baboso de Priego en las quecas?

—Mira, tú, si es cierto —respondí—. ¿No que ya lo habías superado, Poupée?

—Pues eso creí yo —dijo ella toda roja y mirándose las manos—. Pero la verdad sí me sacó de onda verlo después de tanto tiempo.

—¿Tanto tiempo? Si cortaron el último día de clases del año pasado —se burló Manu.

—Bueno, ¿y tú qué? —le pregunté.

—¿Yo qué de qué? —respondió.

—Ash, pues tú qué onda con el amortz.

Manu se empezó a reír como menso.

—Y de esa risita no vas a poder sacarlo —dijo Poupée—. Es buenísimo para criticar, pero nada que suelta prenda de lo suyo.

—Oh, pues. Es que es complicado, chavas. O sea, hay alguien…

Y ahí a Poupée y a mí se nos salió, al mismo tiempo, un grito de emoción. Manu nos vio con cara de *estense o no les sigo contando* y nos callamos. Sólo entonces continuó:

—Pues semi que ando con él, peeeeeero nadie de su familia y sus amigos saben que es gay y dice que no sabe si está listo para que sepan y pues yo tengo que respetar, ¿no?

Sin decirnos el nombre ni darnos ni media pista de la identidad de su galán, nos contó que era un chavo mayor que nosotros pero con muchas dudas. De la prepa, sí. Guapo, sí. Metalero, no, ni gótico.

—Pero eso qué importa cuando le gustan las mismas películas que a uno —dijo Manu.

—¿Ya fueron al cine juntos? —preguntó Poupée, emocionada, pero Manu no contestó ni *sí* ni *no*.

Lo que sí nos dijo es que el chavo según estaba esperando a entrar a la universidad para empezar de cero, y que él a veces pensaba que estaba bien esperarlo y verse a escondidas, pero que a veces le hartaba.

—¡Pero si en la escuela nunca te despegas de mí! —exclamó Poupée—. ¿A qué hora se ven?

Y Manu volvió a reírse un rato antes de ceder un poquitito a nuestra curiosidad.

—Bueno, ¿te acuerdas que no te hice panchos cuando me botaste para ir a perder tu tiempo con el tarado de Priego? —y guiñó el ojo.

—¡Ay, chequeeeeeto! ¿Y también por eso te sales cinco minutos antes dizque a ir al baño? —respondió Poupée toda emocionada.

Manu se volvió a reír, supongo que era un *sí*. Nos dijo también que, sobre todo, tenían pláticas privadas en YouTube y en el juego de Apalabrados.

—¿Cómo que en YouTube y en Apalabrados? —yo no entendía nada.

—Bien fácil: en YouTube escoges un video viejo que nadie visita y te pones a platicar dejando mensajitos. Con nombre falso, obvio. Y en Apalabrados, pues mensajitos normales de los que te puedes mandar durante el juego. La onda es que sus papás lo vigilan un montón por… —y dudó antes de seguir— por algo

que le pasó el año pasado. Y pues le revisan el celular y la compu y todo, son unos pesados. Pero nadie revisaría los mensajitos de Apalabrados, ¿verdad?

Tomé nota para cuando quisiera mandar mensajes muy secretos, aunque no se me ocurrió a quién. Poupée y yo le rogamos a Manu, entre rebanada y rebanada de pizza, que nos contara siquiera qué le había pasado a este chavo el año pasado, pero se negó rotundamente.

—Ah, y nada de platicar de esto en la escuela, ¿eh, chavas?

—¿Ni en Apalabrados? —bromeé.

—Mensa —me dijo y me aventó una almohada.

"Ya está —pensé al recibir el almohadazo—: por primera vez en años tengo amigos". Amigos con lo que puedo compartir mis secretos, escuchar los suyos, reírme, decirles *mensos*, y, en general, sentir que se preocupan por mí, incluso si eso a veces es medio aguafiestas. Por ejemplo, el momento en que Manu dijo:

—A ver, niña Isabel, son las nueve. ¡Ámonos!

—¿Crees que se enoje mucho si llegamos tantito tarde? —pregunté desde la alfombra del cuarto de Poupée sin la menor gana de levantarme.

—Eso, mi querida vampirita, nunca lo sabremos. Va mi honor en prenda con tu abuela y nunca me he sacrificado a usar camisa para luego dar una mala segunda impresión.

Estoy en un aprendizaje continuo en un terreno donde cada día hay algo nuevo.

Yolanda Andrade

14

EL VIERNES DE ESA SEMANA se me fue como agua: ni Alex ni Adoración fueron a la escuela, así que no tuve que emocionarme de gratis ni pelear con nadie. Bueno, al principio sí me emocionaba cada que se abría la puerta del salón, porque esperaba que entrara Alex, pero como todos los días anteriores había llegado súper temprano, a eso de las diez de la mañana me resigné y dejé de esperarlo. Apenas a esa hora me di cuenta de que tampoco estaba la otra loca. Habría festejado de no ser porque Manu me pasó un recadito:

Ya viste que no están Chiquitopapi
y tu amiga la psycho?
Se habrán ido de pinta juntos?

Le contesté en otro papelito:

Eres malo de malolandia y te vas a ir al
infierno con todo y botas de casquillo

Poupée le agregó al recado:

Los dos se van a ir al infierno por mandar
papelitos cuando pueden usar el whats.

Manu recibió el papelito, lo leyó y lo dobló muchas veces. Luego lo guardó entre las páginas de su cuaderno y arrancó otro pedazo de hoja. Escribió algo y nos lo pasó. Decía:

1. El wifi acá es del asco
2. Lo retro es cool
3. Prefiero que me quiten un papelito a que me quiten el cel

Le contesté en un pedazo de servilleta arrugada que traía en el bolsillo del pantalón. Estaba manchada de café con leche, sólo un poco. La verdad, arrancar hojas del cuaderno me daba no sé qué. Le puse:

De acuerdo en todo, pero igual te vas a ir
al infierno por sádico :(

Me contestó en la misma servilleta:

Era bromita, quén la quere? Ya, tú sabes
que Chiquitopapi no se iría de pinta con
Chona. Besito.

En eso el maestro de mate volteó a vernos.

—A ver, ¿qué tiene usted ahí?

—Una servilleta —se la mostré del lado que no tenía recados—. Es que me tengo que sonar la nariz...

Me miró con odio contenido y sacó de su portafolios un paquetito de pañuelos desechables.

—Use uno de éstos, no sea bárbara.

Me levanté sintiendo que todos me miraban, pero tratando de hacerme la muy casual. Tomé el kleenex que me ofrecía el maestro y hasta le sonreí.

—Y suénese afuera, señorita —me dijo.

—Sí, profesor.

—Y regrese en cuanto termine de... de... ¡de sonarse!

—Gracias, profesor —yo estaba imitando los modales que Manu había tenido con mi abuela, toda sonrisas y etiqueta. Sorprendentemente funcionó.

Salí del salón, tiré la servilleta con los recaditos, guardé el kleenex y volví a entrar, sin hacer ruido. En mi cuaderno abierto, con la letra de Manu decía:

Ves? Te imaginas tener que sonarte con tu cel? ;)

El resto del viernes transcurrió sin problemas. Yo tenía la cabeza en otra cosa: ¡mi primera clase de foto! Mi abuelo ya me había enseñado lo basiquísimo:

—Lo primero que debes hacer siempre es ponerte la correa de la cámara al cuello. Siempre. Ahí reconoces

a un fotógrafo que ama su herramienta de trabajo de uno que no —me había dicho una mañana camino a la escuela y mencionó ejemplos de resbalones, patadas y empujones que habían acabado con lentes carísimos de fotógrafos descuidados. Iba a decir que sonaba como las historias de gente que no se pone el cinturón de seguridad cuando pasamos junto a un coche hecho chicharrón estacionado afuera de la delegación y mejor me callé la boca. Tomé nota mental: "Lección uno, correa de la cámara. ¿Y a qué hora empezamos con lo bueno?"

Claro, también me habló de la luz, la velocidad, la exposición, el encuadre y de cosas que más o menos ya intuía yo cuando sacaba fotos con mi cel, pero que sonaban más chido cuando lo decía él con su lenguaje bien pro. Estaba lista para no ser la más burra de la clase. Tan emocionada me sentía que hasta me dormí temprano para poder pararme a tiempo para la clase, que era a las diez de la madrugada. Me daba miedo no levantarme a tiempo y llegar tarde.

Pero no: a las seis de la mañana, una hora antes de que sonara mi despertador, se me abrieron los ojos y no pude dormir más. Cuando me resigné a no volver a conciliar el sueño me levanté a bañarme y me arreglé con mucha calma. Nada especialmente *fashion* (ni que fuera a una fiesta). Me recogí el pelo en dos trenzas y ¡listo! Estaba preparada por si me tenía que sentar en el piso o arrastrar de panza para tomar fotos o conocer a un gótico guapo (tenía la esperanza de

encontrarme algún sustituto de RoT en las clases de fotografía).

La abuela no había ni mencionado el curso de foto después de hacerme prometer que eso no me distraería de sacar buenas calificaciones en la escuela *de a de veras* (así dijo). Me daba la impresión de que no le hacía mucha gracia, pero esa mañana descubrí que sí le gustaba la idea, o al menos se había resignado, porque me hizo de desayunar unas enfrijoladas de pollo con crema y queso que estaban deliciosas. Y no sólo eso: también me dio un sándwich de pechuga de pavo con espinaca para llevar de *lunch*.

Ya había aprendido el idioma de mi abuela: cuando estaba de malas nos dejaba comida de microondas, pero si estaba de buenas preparaba algún platillo riquísimo, casi siempre con frijoles, que eran su especialidad. Me pregunté si algo podría hacerla enojar al grado de que me dejara una sopa de ésas de vasito de unicel y *agregue-agua-caliente*.

Disfruté mi plato y me fui con mucho tiempo a la escuela de foto, que está a veinte minutos a pie de casa de mis abuelos. Cuando estaba como a medio camino sonó mi cel: era mi abuela.

—Se me olvidó decirte que tenemos visitas para la hora de la comida, así que necesito que llegues temprano —me dijo.

Obviamente le dije que sí, que no había problema, aunque eso tiraba a la basura mi plan macabro de

llegar nomás a comer y pedir permiso para irme aunque fuera un rato a un maratón de películas de zombis. Poupée y Manu iban a estar ahí desde la primera peli, a las once de la mañana. "Bueno, me porto excelente en la comida y en cuanto se vayan las visitas le pido permiso al abuelo", pensé.

Cuando llegué todavía faltaba como un cuarto de hora para que empezara la clase, así que con toda calma me metí al salón y me puse a ver todo con atención. A diferencia de los salones de la prepa, era un espacio grande, como galería, con fotos muy padres en todas las paredes, y en el centro había una mesa larga con varios bancos. Enfrente había un tripié con un pintarrón portátil, chiquito, que tenía varios apuntes. Me acerqué a verlos y no entendí nada; supuse que eran de un curso avanzado.

Aproveché que era la primera para escoger el mejor lugar: en la orilla izquierda, de frente al pintarrón. Eso porque soy zurda y odio estar dándome de codazos con los demás, así que si estoy en la orilla izquierda sin nadie junto a mí tengo espacio para doblar el brazo con libertad. Puse la mochila en el banco a mi derecha para evitar que se me sentara al lado un desconocido demasiado amistoso, y en lo que llegaba el resto de la gente saqué mi celular. No le había contado a RoT del curso de foto... me daba pena que pensara que lo hacía por quedar bien con él. Pero como no llegaba nadie y no llevaba nada qué leer (y no quería llenar de

dibujitos mi cuaderno antes de ponerle siquiera un apunte de clases), le mandé un whatsapp:

Raquel Castro

> **IZZY**   09:52
>
> Holas!!! A que ni adivinas dónde estoy.

Aparecieron las dos palomitas junto a mi mensaje luego luego y de inmediato apareció debajo de su nombre el "escribiendo…". Nomás que parecía que me estaba escribiendo una carta de diez páginas, porque cinco minutos después seguía el "escribiendo". Mientras tanto, mis nuevos compañeros iban llegando: una chava como de universidad vestida de grungera; un ñor de esos que aunque anden en "fachas" se les nota que toda la semana usan traje y corbata; una señora onda mi mamá, así toda casual con sus pants de diseñador y sus tenis de plataforma y su peinado y maquillaje dizque "naturales", pero todo súper producido; dos chavitos obviamente hermanos, uno como de quince y el otro como de trece… Hasta ese momento, nada emocionante o prometedor.

Cada que llegaba alguno decía casi entre dientes "Buenos días" y los demás contestábamos igual, queditito, tanto que de repente yo me preguntaba si lo había dicho o lo había pensado. La chava grunge me sonrió y se sentó junto a mi mochila; por suerte no me pidió que la moviera.

—Hola —me dijo con una sonrisa como nerviosa.

—Hola —le contesté igual, pero ya no me dijo nada y mejor me regresé a seguir mirando fijamente mi cel en espera del mensaje de RoT.

Ella volteó al otro lado y le sonrió a la señora tipo mi mamá.

—Hola —le dijo igualito que a mí.

"Maldita, yo creía que teníamos algo especial", pensé, y me tuve que aguantar la risa.

La señora tipo mi mamá también era como mi mamá en lo de hablar hasta por los codos: no nada más le respondió el "Hola" sino que le dijo su nombre, su edad, por qué estaba ahí, y al rato ya estaba en gran monólogo mientras la grungera sonreía cada vez más tiesa. "Ándele, eso le pasa por cambiarme por la ñora".

En eso estaba cuando sonó mi celular avisando que al fin había llegado un whatsapp, pero no era de RoT sino de Suza:

> **SUZA**   09:58
> Desaparecida!!!! Ya me olvidaste? Me cambiaste por los darkis de tu school?

Le iba a contestar cuando una voz conocida sonó desde la puerta:

—¡Isa! ¡Qué padre encontrarte por acá!

Volteé a ver quién era y casi me caigo del banquito: ahí, enfrente de mí, con pantalones de vinil negro pegados y una playera padrísima sin mangas de Emily The Strange, con el cabello lacio, lacio, lacio y negro, negro, negro y los ojos pintados estilo Siouxsie and the Banshees, estaba Adoración.

Adornar el cuerpo es una necesidad
humana. No veo que sea superficial a
menos que tu vida se vuelva muy
materialista.

David LaChapelle

15

—¿QUÉ…? —no pude acabar la pregunta porque ni siquiera sabía qué le quería preguntar primero: "¿Qué haces aquí?", "¿Qué demonios haces disfrazada así?", "¿Qué mosca te picó que me hablas como si fueras mi amiga?" o "¿Qué cené que estoy teniendo esta pesadilla?"

Ella quitó mi mochila del asiento que estaba entre la grungera y yo y se sentó. Apenas pude arrebatarle la mochila antes de que la dejara caer en el piso.

—¡Oye! ¡Ten cuidado! —le dije.

—Gracias por apartarme mi lugar, amigui —dijo toda mona, y de un morral padrísimo de terciopelo negro sacó una libreta padrísima, también negra pero con el filito de las hojas plateadas.

—¡¿Amigui?! —yo no entendía nada.

—Buenos días. Disculpen el retraso, vamos a comenzar —dijo una voz detrás de nosotras. Obviamente era el maestro, pero la gran sorpresa (la segunda del día para mí) era que no se trataba de un

señor como mi abuelito, como yo esperaba, sino un tipo de unos treinta años, greñudo, mugrosón y con cara de buena onda.

No nos pidió que nos presentáramos a todo el grupo, sino que llegó directo a platicar por qué la fotografía era tan pero tan importante para él que, además de trabajar en eso toda la semana, se levantaba temprano los sábados para compartir su pasión con otros. No lo dijo cursi, se notaba que hablaba en serio. Me cayó bien de inmediato.

Cuando acabó de echar su choro yo hasta tenía un nudito en la garganta. Pero alguien echó a perder el momento emotivo con una pregunta:

—Prof, ¿eso que dijo lo tenemos que anotar?

La que preguntó semejante estupidez era, claro, Adoración. Todos la voltearon a ver como si fuera alienígena y yo me quise morir de que pensaran, aunque fuera por un momento, que era mi amiga. Pero no, cómo van a pensar que una fresa como ésta pudiera ser mi...", y se me congeló el pensamiento cuando me acordé de cómo estaba vestida. Volteé a verla y, horror, seguía con su disfraz de dark.

—Ustedes apunten lo que consideren importante —dijo el maestro—. Ya si hay algo que crea que no deben pasar por alto por ningún motivo, les aviso y se lo dicto expresamente.

Aunque me hubiera gustado que le diera un par de cachetadas a Adoración por mensa, tuve que reconocer

que eso, como maestro, era la pura buena onda. De todos modos, en ese momento me dieron ganas de que sí nos pidiera que nos presentáramos, siquiera para decir: "Hola, me llamo Isabel y esta tarada no es mi amiga y ni siquiera es darki de verdad".

Pero luego luego me quedé como hipnotizada por todo lo que nos estaba diciendo el maestro, y eso que apenas estaba hablando de la importancia de observar con atención: "Si tus fotografías no son lo suficiente-mente buenas, es que no te acercaste lo suficiente", dijo, y me pareció tan buena frase que la apunté. El maestro se asomó por encima de mi hombro a mi cuaderno y me dijo:

—Oye, pero pon la fuente: es de Robert Capa.

Y se soltó hablándonos de Robert Capa, un fotó-grafo buenísimo del siglo pasado. Un par de compa-ñeros decían con la cabeza que sí a todo, como si ya supieran lo que el maestro decía. Uno de ellos, el ñor vestido de informal, dijo que Capa era su fotógrafo favorito. Yo apunté en mi cuaderno: "Googlear a Robert Capa" y Adoración me empujó el brazo para poder ver lo que estaba escribiendo.

—¿Es tarea? —me preguntó en un susurro.

—¡No! Es... ¿qué no estás poniendo atención? —realmente me estaba sacando de quicio.

—Es una clase de sábado, no te claves —dijo.

La grungera aprovechó para hacernos *shhhh* y me dieron ganas de patearlas a las dos, pero mejor hice

como si no estuvieran y me clavé en lo que el maestro decía. Comía ansias por que empezáramos ya con la cámara pero preferí no preguntar nada que pudiera llamar la atención de Adoración o la grungera ni ninguna otra persona del salón. Por suerte, uno de los herma- nitos (el de quince años) levantó la mano y cuando le dieron la palabra justo hizo *la* pregunta:

—Oiga, maestro, ¿cuándo vamos a empezar a tomar fotos?

El prof se le quedó viendo como si no hubiera enten- dido la pregunta o si no se hubiera dado cuenta de que no estaba él solito. Y entonces se empezó a carca- jear.

—¡No dejen que me clave así! —dijo luego de reírse un rato—. Me emociona tanto la fotografía que me puedo quedar hablando por horas de algún tema y si no me regresan a la realidad me pierdo. ¿Ya di el tema- rio?

Varios negamos con la cabeza. Adoración puso los ojos en blanco como si estuviera rodeada de ineptos y ella fuera la más genial del universo, pero nadie le hizo caso. El maestro sacó el temario de su mochila y empezó a dictarnos.

—¿Oye? ¿No nos lo podrías dar en copias o algo? —se quejó Adoración.

Yo de plano clavé la mirada en mi cuaderno para no ver cuántos la miraron con odio y, de pasadita, a mí, por pensar que éramos equipo.

—Prefiero que lo anoten porque así me aseguro de que lo lean —respondió el profesor—. Ah, y no hay problema de que me tuteen. Me llamo Fabián, por cierto. ¿Nos presentamos? ¿Quién empieza?

No sé qué bicho me picó que tomé la palabra yo primero:

—Me llamo Isabel pero mis amigos me dicen Isa o Izzy. Estoy en la prepa pero ninguno de mis amigos se animó a tomar el curso, así que vine sola. Me interesa hacer fotografías de la escena oscura de la ciudad de México para combatir los prejuicios de que somos satánicos o drogadictos.

—Yo tuve una novia dark —dijo el maestro, digo, Fabián—. Qué bueno que quieras documentar una subcultura tan interesante.

—Yo quiero exactamente lo mismo —dijo Adoración, dando por hecho que era su turno—. Isa y yo no somos amigas todavía, porque apenas nos acabamos de conocer en la escuela, pero estoy segura de que llegaremos a ser befis.

Yo sentí que me escurría un líquido helado por la espalda. Mientras la grungera se presentaba, le pregunté quedito:

—¿Befis?

—Mejores amigas, tonta. ¡De veras que creciste en provincia!, ¿verdad?

Decidí ignorar el insulto porque era más urgente ponerle límites de una vez.

—Ya tengo una *befi*, gracias.

—Ya sé, tu amiguita monterrellena —dijo con una mueca de desprecio—. Pero una befi de verdad es la que está cerca de ti, Isa.

—A ver, todos ponemos atención a las presentaciones —dijo Fabián, y Adoración cerró la boca, pero yo me quedé con una duda más: ¿cómo sabía de Suza?

Adoración no consiguió arruinarme la clase, que de hecho estuvo muy bien. Fabián nos explicó que antes de empezar con una cámara chida teníamos que aprender a mirar y encuadrar: que no es lo mismo lo que uno ve con los ojos que lo que atrapa en la foto. Nos dejó de tarea tomar fotos que nos parecieran interesantes o inusuales pero con el celular: sin filtros, sin flash, sin trucos: puro ojo y encuadre.

—No olviden incluir dos o tres fotos de objetos muy pequeños: una moneda, un clip, cosas así —dijo—. Nos vemos dentro de ocho días.

Cuando salimos arrinconé a Adoración en el pasillo.

—A ver, *befi*, ¿a qué estás jugando?

—Juro que no tengo idea de qué hablas.

—No te hagas. La última vez que te vi en la escuela no eras dark ni querías ser mi amiga ni te interesaba la foto.

—Pues... una cambia de opinión, ¿no?

—De opinión pueque, pero ¿de personalidad? Además, ¿cómo supiste que me podías encontrar acá y que tengo una amiga en Monterrey? ¿Y de dónde sacaste estos trapos?

—No hagas escenitas, Chabe —me dijo mirando de reojo a la secretaria de la escuela de fotografía, que nos escuchaba atentísima—. Mira, vamos a tu casa y en el camino te cuento. ¿Sale?

—¿Cómo que a mi casa? —me indigné.

—¿Qué no te dijo Carmelita? Nos invitó a comer a mi abue y a mí.

¡Debí preguntarle a mi abuela quiénes eran las visitas! Adoración sonreía con cara de inocente mientras a mí se me subía la bilis por la garganta.

—Pues vamos —dije de mala gana, y nomás porque no se me ocurría qué más hacer: ni modo de decirle que cada quien se fuera por su lado.

Y nos salimos de la escuela.

Los primeros diez minutos de camino no dijimos nada, pero Adoración aprovechaba cada escaparate, cada ventana y cada charco para ver su imagen y sonreírse, toda orgullosa de lo que veía. Cuando me harté, empecé a presionarla.

—Bueno, ya, dime.

—Primero explícame cómo haces para andar así vestida y no morirte de calor.

La miré horrible y ella suspiró como si yo le colmara la paciencia.

—Ok, ok. Te cuento —dijo—. Pero tiene que ser nuestro secreto. ¿Está bien?

La seguí mirando horrible pero ella ni me peló, así que me di por vencida y le dije que sí, que sería nuestro secreto.

—Bueno, primero lo primero: mi abue y tu abue son befis, por eso sé todo de tu amiga la norteñita y el curso de foto y todo eso. Y ni creas que nomás porque nuestras abuelas son amigas te iba a tratar bien, ¿eh? No soy ninguna hipócrita.

"Claro que no, y te vistes así porque eres la más auténtica del mundo", pensé, pero me lo guardé. Siguió hablando.

—No soy ninguna tonta. Llevo dos años en esa escuela horrenda tratando de que Alex se fije en mí porque nunca me hizo caso en la secundaria. Entonces yo era de las chiquitas y él de los de tercero, y pues entiendo. Pero luego nos seguíamos viendo de vez en cuando, porque su abue también es de las befis de mi abue, y nunca me peló. Cero. O sea, ¿qué le pasa? Me vale si es miope, tímido, autista o gay. ¡Me tiene que pelar!

Definitivamente, Adoración me caía muy mal. Pero seguí calladita.

—Y de repente llegas tú y de la nada se hacen amigos. Conmigo, el tarado fingiendo que no nos hemos visto en reuniones de las familias, y contigo ya de piquete de ombligo y toda la cosa, ¿no?

—Pues tanto como piquete de ombligo… —empecé a decir, pero me interrumpió.

—Entonces ayer me di cuenta. Es porque eres darki y porque te gusta la foto, como a él. ¿Qué otra cosa podría ser? Digo, tampoco eres la gran cosa, ¿no?

—Óyeme…

Pero ella siguió en su rollo.

—Por eso no fui ayer a clases: hice mi *research* en internet, fui a comprarme garritas como las que tú usas, pero en lindo, obvi, y convencí a mi papá de inscribirme a foto.

—Y seguro ya tienes un plan macabro.

—Pues sí, obvi. Vamos a ser mejores amigas tú y yo, le hablas bien de mí, lo convences de que me invite a tomar fotos o algo y listo, a partir de ahí ya yo me encargo.

No sé si fue el calor, el hambre o Adoración, pero llegué a la casa con náuseas. No, sí sé: fue por Adoración. Para colmo, ni para escurrirme a mi recámara, pues en la sala ya estaba con mi abuela otra viejita, platique y platique, y nada más interrumpió el chisme para saludarnos, a Adoración con dos besos en las mejillas y a mí pellizcándome el cachete.

Mi abuela dijo que qué coincidencia que sus nietas se hubieran hecho amigas y que le daba mucho gusto. Su amiga, la abuela de Adoración, empezó a contar de alguien que se había embarazado sin casarse o algo así, y mi abuela se puso nerviosa, a lo mejor

porque nos íbamos a dar cuenta de que les encanta el chisme.

—Niñas, suban a refrescarse y en un ratito las llamo a comer.

—Gracias, Carmelita —le dijo Adoración como si la conociera de toda la vida.

Bueno, por lo visto sí la conocía de toda la vida, pero de todos modos me puso de peor humor.

Ya en mi cuarto, Adoración se sentó en mi cama, sacó de su bolsa su polvo compacto y se puso a retocarse el maquillaje como si estuviera en su casa. Cuando acabó, me dijo:

—Bueno, ¿tenemos un trato?

—¿Qué trato?

Resopló como si ya me hubiera explicado mil veces lo que fuera que tuviera en la cabeza y empezó a hablar muy despacio, como si yo no entendiera español.

—Yo finjo que soy tu amiga y tú me encarrilas con Alex.

—¿Y yo qué gano en ese trato?

Me miró como si estuviera yo loca.

—¿Jelou? ¡Voy a fingir que soy tu amiga! Todos van a querer ser tus amigos y vas a poder escoger al tipo que tú quieras para que te invite tus quesadillas o te cargue la mochila o lo que sea que hagas tú con los niños.

—Pues no le veo la ventaja para mí, ¿eh?

Adoración se quedó mirando mi cuarto y sonrió de un modo extraño.

—Qué bien te quedó tu cuarto. Antes no estaba así... Tenía una decoración como noventera... —y fingió que se le prendía el foco—. ¡Ah, ya sé! Si quieres, a cambio de que me ayudes te cuento un secretito de tus abuelos... Yo creo que te debe interesar.

Sentí que se me hacía chiquita la panza. Obviamente, mi cuarto antes era el de la tía misteriosa. Si yo le hubiera hecho caso a mi papá en lugar de nomás interesarme como llamarada de petate, ya estaría enterada de todo el asunto. De todos modos, no iba a prestarme a los jueguitos de Adoración, así que puse mi mejor cara de aburrida.

—¿Lo de mi tía?

Ella como que se sacó de onda: no se esperaba que yo supiera nada.

—Ah, ¿ya lo sabes?

—Sí, mi papá me lo contó todo.

Frunció la boca. Seguro su único plan era ofrecerme su valiosísima amistad a cambio de mi ayuda y lo de la tía era una medida desesperada, así que no le quedaba nada para negociar.

—Bueno, la cosa está así: o somos amigas y me ayudas, o no me ayudas y somos enemigas. Tú decides.

—Se me ocurre otra cosa: ¿y si vas a un psicólogo para quitarte la obsesión con un güey que no te pela? ¿No has pensado que a lo mejor no eres su tipo?

Otra vez me miró como si fuera yo mensa. Ya me estaba acostumbrando.

—Tú no entiendes. Alex tiene que andar conmigo sí o sí. Ya si luego no quiere dejar de ser un darketo mugroso, pues lo corto y ya. ¡Pero no se me puede ir vivo!

Sonaba como los villanos de caricatura, tipo *¡Los atraparé aunque sea lo último que haga!*, y me dio entre miedo y risa. Traté de no demostrarle ninguna de las dos cosas.

—¡Niñas, a comer! —gritó mi abuela.

—No le gusta esperar —dijo Adoración y se levantó.

—Ya lo sé. Es *mi* abuela —dije yo.

Adoración llegó a la puerta y se detuvo.

—Piénsalo bien y el lunes me dices.

Se salió y, antes de seguirla, sentí una punzada en medio del pecho: ¿en qué rollos andaría metida la tal tía? Ya era algo más serio que un simple chisme familiar. Tenía que enterarme si no quería arriesgarme a que Adoración usara eso en mi contra.

Una fotografía es un secreto acerca de
un secreto. Mientras más te dice,
menos sabes.

Diane Arbus

16

ME LA PASÉ MUDA en la comida, nada más pensando en qué tendría que hacer. Me sudaban las manos y tenía la boca toda seca; sentía que me costaba trabajo respirar y me moría de ganas de agarrarla contra alguien, quien fuera. La primera opción era Adoración, que comía enfrente de mí quitadísima de la pena, usando los cubiertos con toda propiedad y platicando animadamente con mi abuela y la suya. Era como si la conversación de hacía un rato en mi cuarto nunca hubiera ocurrido. Les habló de nuestra primera clase de foto en una versión ligeramente distorsionada en la que ella era la mejor alumna, la más inteligente, la de mejores participaciones y preguntas más brillantes. De vez en cuando trataba de incluirme en la plática pero yo sólo contestaba *ajá* o *hmm*, así que ella siguió hable y hable, siempre siendo la heroína de la historia. Eso sí, de vez en cuando decía: "Bueno, sin la ayuda de Isa no lo habría logrado".

Y mi abuela y su amiga me miraban como si hubiéramos rescatado gatitos de un incendio.

Mi segunda opción era agarrarla contra mi abuela, pues no se me olvidaba que por culpa de sus indiscreciones Adoración sabía que tengo a mi mejor amiga en Monterrey. ¿Qué tanto más le habría contado de mí a sus amigas? Me daba horror nada más de pensarlo. Me la podía imaginar perfecto:

"Ay, mi pobre nieta es como Mowgli, pero vestida de negro. Y traga como si tuviera solitaria".

De sólo pensarlo más se me secaba la boca y se me retorcía la tripa.

Una tercera opción era pelearme con la amiga de mi abuela, porque seguro algo tenía que ver en que su nieta fuera tan insoportable, pero la verdad es que era una viejita completamente equis y ni siquiera se me ocurría qué pudiera hacer para lastimarla, así que lo descarté.

Me puse a pasar lista de otras personas que me debieran algo como para desquitarme con ellos: ¿pleito con RoT por cotizado y sangrón? ¿Con Suza por abandonadora de amigas a la distancia? ¿Con Alex por hablarme y meterme en un lío con la loca de su admiradora?

¿Con Manu y Poupée? ¿Pero por qué me podía enojar con ellos? La neta, habían sido la onda conmigo desde el primer día de clases. En una de ésas, y ya buscándole mucho, a lo mejor les podía reclamar que

no se hubieran inscrito a foto conmigo, ¡pero ni los había invitado!, así que no. Pasó algo bien chistoso: mientras pensaba en ellos, mi panza dejó de sentirse rara y hasta me dieron ganas de sonreír. Me estaba poniendo de buenas. Pero no era momento de ponerme de buenas, sino de disfrutar mi berrinche (así soy de masoquista a veces), así que repasé la plática con Adoración en mi cuarto para volver a enmuinarme y seguí en la búsqueda de a quién armársela de tos en cuanto terminara de comer. ¿A mi abuelo? ¡No, no! Él era de los buenos, como Poupée, Manu, la Pasita y la señorita Dalina, que me había ayudado a encontrar unos libros para una tarea. Tenía que ser uno de los malos para que valiera la pena el coraje.

Entonces se me ocurrió: mi enojo tenía que dirigirse a mis papás, ¡claro! Por su culpa estaba yo en todo ese rollo. ¿Para qué habían tenido una hija si no estaban dispuestos a portarse como padres? Mientras yo tenía que vérmelas con la psicópata rubia ellos disfrutaban de la samba sin preocuparse de mí ni tantito.

Ok, a lo mejor exagero, porque con mis papás teníamos sesión en Skype todos los días y era yo quien les daba cortón veloz:

—Sí, sí, todo bien, sale, se cuidan —les decía, porque generalmente se conectaban a la misma hora que Suza y siempre me agarraban en el chisme con ella... Pero tampoco insistían tanto, así que en mi malviaje sí podía decir que no se preocupaban por mí.

Estaba decidido: ellos serían los destinatarios de mi enojo. En cuanto acabara de comer subiría a mi recámara para escribirles... no, para llamar a mi papá a su cel. Con cada bocado que me echaba a la boca pensaba algo más que reclamarle: la vez que no fueron a mi festival del día de las madres en cuarto de primaria... la vez que se les olvidó mi cumpleaños... la vez que los Reyes Magos me trajeron una muñeca horrenda que babeaba asqueroso... el día que mi mamá me acusó de haberme comido un pastel y luego resultó que había sido mi papá el tragón... Mientras más me concentraba, más ofensas me venían a la cabeza. Me acordé hasta de una vez que mi mamá me dio una nalgada en el súper cuando yo tenía cinco años.

—¿Pero tú qué tienes, niña? —me preguntó mi abuela.

Me di cuenta de que ellas ya habían terminado el postre y yo seguía con la sopa. Era de fideos con cubitos de jamón y muchos chícharos, una de mis favoritas, pero casi ni la había tocado.

La falsa darki me miraba con falsa preocupación. Su abuela fruncía el ceño. Tuve una idea que de tan loca me pareció buena. Suspiré como si el corazón se me estuviera rompiendo.

—Nada, abue. Es que Adoración me contó algo muy triste de nuestra familia.

Adoración dejó caer la cuchara del postre y me miró con ojos de *te-mato*. Su abuela sonrió, nerviosa.

—¿De nuestra familia? —se extrañó mi abuela—. ¿Qué puede saber esta niña de nuestra familia?

Y entonces se le prendió el foco y miró a la abuela de Adoración con ojos de *te-mato-te-revivo-y-te-vuelvo-a-matar.*

—Son cosas de niñas, Carmela —la quiso calmar la viejilla chismosa.

—¿Le andas contando a tu nieta las cosas que te platico?

La furia de mi abuela crecía a cada segundo. Yo me pregunté si no la habría regado, pero ya era tarde para eso, así que volví a intervenir:

—¿No extrañas a mi tía, abue?

Nunca había visto a nadie tan enojada como a mi abuela en ese momento. Primero se puso toda roja pero luego se puso pálida, pálida. Hasta los labios se le pusieron blancos. Los ojos se le hicieron dos rayitas, como de caricatura japonesa. Sólo faltaba que echara vapor por la nariz como dragón.

—¿*Eso* le contaste? —dijo mi abuela súper quedito, aunque su actitud me dio más miedo que si se hubiera puesto a gritar como loca.

Doña Chismosa se volteó hacia su nieta, toda furiosa también.

—¡Adoración! ¿No te dije que era un secreto?

Adoración se puso a llorar como si tuviera siete años y lo que siguió fue una gritiza tremenda que terminó con la amiga de mi abuela y su nieta yéndose con el

rabo entre las patas. Al llegar a la puerta Adoración me miró horrible, como diciendo "Esto no se ha terminado", "Me la vas a pagar" o algo igual de amenazante y cursi.

En cuanto se fueron, mi abuela se dejó caer en un sillón de la sala.

—Abuela… ¿qué pasó con mi…? —obviamente, le iba a preguntar por mi famosa tía, pero no me dejó terminar.

—Niña, ahorita no. Tengo una jaqueca espantosa —me respondió y se tapó la cara con las manos.

Se me hizo un nudo en la garganta de que me dijera "niña" en ese tono, y luego me sentí idiota por ponerme sentimental por tan poca cosa. Me subí para no estar con ella. Primero fui a mi cuarto y les mandé mensajes a Suza y a RoT, pero ninguno me contestó. Claro, era sábado en la tarde, ¿quién iba a estar de *loser* encerrado en su cuarto aparte de mí? Ni siquiera traté de mandarles mensajes a Manu y Poupée porque sabía que ellos estaban quitadísimos de la pena en el maratón de cine.

Entonces me acordé de lo que me había dicho mi papá antesito de irse: en su clóset había cosas de mi tal tía y me había dado permiso de esculcarlas, así que realmente no estaría haciendo nada malo. Bien pensado, tampoco había hecho nada malo al echar de cabeza a Adoración, ¿o sí? Híjole, me sentía terrible por haber visto a mi abuela así de enojada y sacada de onda, pero al mismo tiempo estaba molesta: eso de los secretitos no deja nada bueno, y menos si uno no es capaz de

guardarlos… En fin, ya estaba demasiado filosófica, y como me gusta más la acción que la reflexión, me fui a meter al clóset de mi papá.

Lo difícil fue treparme a la parte de arriba, porque en el cuarto no había ni un banquito o una silla, nomás un reposet que estaba muy pesado: tras diez minutos de tratar de arrastrarlo hasta el clóset sin que se moviera ni dos centímetros, mejor fui a mi cuarto por mi silla. "Con que no me rompa la cabeza o me encuentre una mariposa negra", pensé mientras metía la mano para tantear entre las colchas, sábanas y toallas que llenaban la repisa. No me costó tanto trabajo encontrar la caja: era de cartón pero estaba forrada con una especie de *collage* de fotos recortadas de revistas. Reconocí a The Cure, a Depeche Mode y a Caifanes. El resto eran bandas como noventeras con muy buen *look* pero completamente desconocidas para mí y chavas con ropa muy padre, seguro de anuncios de ropa de revistas de esa época. Estaba cotorro que después de pegar todas las fotos desordenadas en diferentes ángulos, le pusieron tiras y tiras de diurex como para plastificar. El diurex les daba un color amarillento a las imágenes, pero fuera de eso estaban en muy buenas condiciones. Me moría de ganas de abrir la caja pero me aguanté el tiempo necesario para llevarla a mi cuarto, sacar mi silla y apagar la luz del de mi papá antes de que llegara mi abuelo o se le pasara la jaqueca a la abuela: si me pescaba ahí, de seguro le daba algo peor.

Entré a mi cuarto, cerré la puerta y le puse seguro. Me sentía toda una arqueóloga. Quitar el lacito que amarraba la caja era como quitar el sello de una pirámide en Egipto; el corazón me latía a todo de pensar qué cosas me iba a encontrar. ¿Quién era la famosa tía y por qué levantaba tantas olas? ¿Sería de verdad un secreto tremebundo?

Me senté en la cama y abrí la caja. Hasta arriba había dos revistas viejísimas: una tenía en la portada a Alaska, la cantante. "¡Qué bárbara! Fuera de un par de arruguitas, ahora sigue idéntica", pensé. Abrí la revista para hojearla y vi que por dentro estaba toda recortada. "Ah, conque de aquí salió el forro de la caja", me dije toda obvia. Eso me recordó que las revistas eran lo de menos; las dejé a un lado y volví a asomarme a la caja. Lo siguiente que había era un sobre con fotos. La primera tenía a tres chavos greñudos parados junto a un puesto de discos LP en un tianguis. De entrada pensé que eran unos desconocidos, pero me le quedé viendo porque la composición no estaba nada mal: era una típica foto de las que les tomas a tus amigos, pero al mismo tiempo había algo muy bonito en cómo estaba tomada, con ellos más hacia a un lado que hacia el centro, lo que daba chance de ver también algunos de los discos del puesto. Los tres estaban de pantalón de mezclilla negro y chamarras también de mezclilla pero azules. Uno medio gordito y de barba traía una playera de Guns N' Roses y al más flaco se le alcanzaba a ver que la playera

era de Caifanes. Casi me infarto cuando reconocí que el flacucho ése era mi papá. Me cayó el veinte de que los otros dos eran Alf y Chava. Le tomé una foto a la foto con mi cel y se la mandé a mi papá por Whatsapp. "Una lana por no mandársela a mi jefa", le escribí, y para que no se fuera a sentir, le añadí un ":P" Me encanta el ":P", porque puedes poner hasta una mentada de madre, pero si le añades la carita con lengua de fuera es como si dijeras ñeeeeee, es broma.

Me esperé tantito para ver si mi papá me respondía la broma, pero como no dio señales de vida, me pasé a la siguiente foto. Otra vez estaba mi papá, pero ahora abrazado de una chava medio jipi, de pelo largo, largo y ojitos entrecerrados como de andar mota. Volteé la foto y vi que tenía escrito con pluma: "Bro y cuñis, sabadito de junio, 1995?". La letra era cursiva, fluida, bonita. Me dieron ganas de que mi letra fuera así, porque la verdad es que la tengo bastante fea. Supuse que era de mi tía, porque la de mi papá la conozco y es más fea que la mía, y supuse que Bro era él, por *brother*. Así que la jipi era... ¿cuñis de *cuñada*? Pero la chava definitivamente no era mi mamá. ¿Sería de las veces que habían cortado? ¿O de antes? ¡Huy, cuánto chisme pendiente!

En la siguiente foto salía otra vez mi papá, todo metaloso y jovencito pero estaba... ¡conmigo! Así, onda viaje en el tiempo, porque la de la foto era yo ahorita. Casi me desmayo, pero al ver la foto con más calma

empecé a notar las diferencias entre la de la foto y yo: ella tenía el cabello pintado de rojo encendido, los ojos un poco más chicos y más claros, los dientes más derechitos y el maquillaje más marcado: delineador rojo y no negro y bilé rojo sangre. Ah, y estaba súper sonriente (por eso le pude ver los dientes), algo que yo nunca puedo hacer porque me pone de nervios que me tomen fotos.

En ese momento tocaron a la puerta pero no hice caso. Me sentía súper nerviosa. Volteé la foto a ver si tenía algo escrito, pero no.

—Isa, ¿puedo pasar?

Era mi abuelo. Rápidamente eché las fotos y las revistas en la caja y le puse la almohada encima.

—Pásale, abuelo —dije, tratando de sonar normal.

También mi abuelo estaba nervioso, se le notaba, aunque no sé exactamente en qué. Se sentó junto a mí en la cama.

—Ya me contó Carmela lo que pasó en la tarde. ¿Quieres que platiquemos?

Eso me sacó de onda. Lo miré a los ojos, buscando el truco. No parecía estar ocultando nada.

—¿Me vas a contar de mi tía? ¿No se supone que es un secreto?

Él puso una sonrisa triste.

—Te voy a contar todo lo que quieras saber.

Y empezó a platicarme.

La belleza del pasado pertenece al
pasado.

Margaret Bourke-White

17

Mi tía se llamaba Sofía y era dos años más chica que mi papá. Cuando eran niños no se llevaban bien y se peleaban por todo. Era muy introvertida y solitaria ("igual que tú de más chica", dijo mi abuelo), mientras que mi jefe era sociable y muy inquieto, así que en la escuela ni se hablaban. Mi papá se la vivía jugando fut y rodando en patineta con sus cuates, mientras que mi tía se la vivía solita, siempre con sus lápices y su libreta, porque le encantaba dibujar. Luego mi papá se fracturó la pierna (jugando futbol precisamente) y cambió los deportes por la música. Más o menos al mismo tiempo mi tía empezó a tomar clases ¡de foto! ("igual que tú", volvió a decir mi abuelo), y ahí fue cuando se empezaron a llevar bien.

—Tu abuela primero estaba muy contenta. Le daba gusto que ya no hubiera pleitos y que los dos fueran juntos a todos lados. Hasta le gustó que Sofi empezara a ir a fiestas y a llevarse con los amigos de tu padre. También pensó que la música sería menos

peligrosa que el futbol y las patinetas. Ahora dice que se equivocó.

Al parecer, el primer problema fue que a mi tía no le gustó el metal...

—...y se pasó a esa música que tú escuchas —dijo.

Lo peor es que mis abuelos ni cuenta se dieron, porque el pacto que tenían mi papá y su hermana, par de tramposos, es que salían juntos y ya en la calle cada quien iba por su lado a la parranda o lo que fuera y luego se volvían a encontrar en la esquina de la casa para llegar juntos.

—Una noche que tuve que salir por emergencia del trabajo, ¡que me encuentro a tu padre sentado en la banqueta, en la esquina del parque! Eran como las tres de la mañana. Primero pensé que lo habían asaltado o algo así, y él estaba furioso, porque había quedado de ver ahí a Sofía a las dos y llevaba todo ese tiempo sin poder ir a la casa ni hacer nada. Yo creo que si no hubiera estado tan enojado no la habría acusado, pero lo agarré en sus cinco minutos.

—¿Y qué hiciste, abuelo?

—¿Qué podía hacer? Todavía no existían los celulares. Me regresé a la casa a llamar a mi jefe para avisarle que no podría ir. Tu abuela se despertó y me sacó la verdad en quince segundos. Cuando salimos los dos al parque (ella en bata y pantuflas, ya te puedes imaginar la escena), Sofía estaba llegando en el coche de su novio de turno.

—¿Estaba guapo? —pregunté sin poderme contener. Mi abuelo me echó unos ojos de pistola. Pero luego le ganó la sonrisa cuando vio que me ponía de colores.

—A mí no me parecía guapo, niña, pero me acuerdo como si hubiera sido ayer. En el asiento de atrás del coche iban como cinco o seis muchachos o muchachas. O muchachos y muchachas. Todos vestidos de negro, todos maquillados de los ojos, y los labios también de negro. Los pelos tan enmarañados que no sabías dónde acababa la melena de uno y empezaba la del otro. Estaban cantando a gritos y se pasaban de mano en mano una caguama. Y en eso, del asiento de adelante se bajó alguien, tambaleándose. Traía una chamarra y una minifalda de cuero, no se me olvida. El cabello también enmarañado y los ojos pintados, pero todos corridos, como si hubiera estado llorando. Y manchas negras en la boca, las mejillas, el cuello. No sabes qué horrible sentí cuando me di cuenta de que era Sofía. Pero ni tiempo tuve de hacer nada, porque Carmen ya estaba encima de ella, como loca, gritando y pegándole.

—¿Pegándole? ¿En serio?

—Ahí donde ves a tu abuela, no era tan estricta entonces. Era hasta alcahueta con los muchachos. Me decía: "Dales permiso, déjalos salir, son jóvenes". Tampoco es que yo fuera un general; no le costaba trabajo convencerme. ¡Pero esa noche...! Bueno, nunca la había visto tan enojada.

En resumen, metieron a Sofía a la casa y ni siquiera le pusieron una regañiza entonces, porque estaba pedísima. Obvio, mi abuelo no usó esa palabra. Él dijo "como una cuba". El chiste es que a partir de ahí la relación entre mi tía y mis abuelos se descompuso; ella se volvió súper rebelde, ya no sabían qué hacer con ella.

—Cuando le dijimos que no tenía permiso de salir a fiestas, nada más se carcajeó en la cara de tu abuela, y siguió haciendo lo que se le daba la gana.

Mi tía estaba en la prepa, y ni modo de encerrarla y prohibirle ir a clases, pero de la escuela se iba quién sabe a dónde y ni siquiera la podían chantajear con el dinero, porque ya no les pedía. Después se dieron cuenta de que cada cierto tiempo empeñaba algo: primero las joyitas que le habían regalado en sus quince años (que un collar, que unos aretes, que una esclava de oro…) y luego sus discos, sus libros y hasta su ropa. El colmo fue cuando, en uno de tantos pleitos, les soltó que había empeñado la cámara fotográfica.

—Carmen quería que la mandáramos a un internado, pero lo cierto es que no sabíamos qué hacer.

Mi abuelo todavía le pidió la boleta de empeño de la cámara y se la rescató, como en un intento de hacer las paces o un borrón y cuenta nueva. Según esto, en ese momento mi tía dijo que sí se iba a alivianar y todo, y un rato estuvo tranquila la cosa, pero un día mi abuela regresó temprano de estar con sus amigas y

se encontró a la hija en su cama (la de mis abuelos) con un fulano. Al parecer ni siquiera era el mismo fulano con el que la habían visto el día del parque.

—Bueno, de eso no estoy tan seguro porque cuando yo llegué el muchacho ya se había ido y tu tía estaba encerrada en su cuarto, escuchando su música a todo volumen. Tu abuela, infartada.

Me dijo mi abuelo que la peor parte fue que quiso sentarse a hablar con las dos de inmediato, pero que las dos estaban tan enojadas que se convirtió en una gritiza "peor que las tuyas con tu madre", me dijo. Qué pena, yo pensaba que nadie se había dado cuenta de nuestros pleitos. Pero luego pensé que seguramente mi papá le había contado todo con lujo de detalles a la hora de pedirle asilo político para mí.

Eso me hizo pensar en algo:

—Oye, abuelo, ¿y mi papá qué decía o qué onda?

—No se metía. Él acababa de entrar a la universidad y pasaba muy poco tiempo con nosotros. Si Carmen y Sofía empezaban a pelear estando él ahí, se levantaba y se iba. A lo mejor se sentía un poco responsable porque él le había presentado a sus primeros amigos roqueros...

—¿A lo mejor? ¿Qué nunca lo han platicado?

Mi abuelo se encogió de hombros y suspiró.

—Nunca lo había platicado con nadie, eres la primera persona con la que lo hablo. Excepto tu abuela, claro.

—Oye, pero y entonces ¿qué pasó?

—Se gritaron hasta que se cansaron y tu abuela le dijo a Sofía que se regresara a su cuarto, que estaba castigada y no iba a salir mientras siguiera así de necia. Y Sofía se rio mucho, dijo que ni modo que le prohibiéramos ir a la escuela. Total, se levantó de la mesa y se fue a su cuarto. A los diez minutos oímos un ruido horrible: un golpe, un grito, todo casi al mismo tiempo. Afuera de la casa, debajo de la ventana, estaba Sofía tirada. Junto a ella había una mochila con ropa y la cámara hecha añicos. Cuando llegó la ambulancia ya no había nada que hacer —me dijo con voz temblorosa; por primera vez me sonó a voz de viejito, y eso me dio mucha tristeza.

Nos quedamos callados los dos. Mi abuelo tenía los ojos rojos, rojos, y yo la boca seca. No me imaginaba a mi abuela, tan propia siempre, vuelta histérica. Ya ni pregunté qué había pasado, porque era bastante obvio: mi tía se había querido escapar por la ventana y había calculado mal o se había resbalado.

¿Qué más le podía decir? Apenas podía creer que algo así hubiera pasado en mi propia familia, en este siglo... Bueno, a finales del siglo pasado, pero ya en lo que podríamos llamar época actual. Traté de imaginarme a mí misma peleando *a ese grado* con mis papás y, con todo y lo mal que nos llevamos, no pude. También entendí un poco las jetas de mi abuela y su actitud, en general tan fría conmigo: seguro cada que me veía se

acordaba de *su-hija-la-darki-que-se-volvió-loca*. De paso, también me enojé con mi tía, así sin conocerla, porque nunca falta un intenso como ella para que la gente empiece a decir que *tooooodos los góticos son delincuentes/promiscuos/locos*. A ver: ¿qué le habría costado ser menos azotada? Ahora hasta tendría quién me llevara a las tocadas y a los antros, me podría prestar sus revistas y sus discos *vintage* y darme clases de foto para que yo no tuviera que aguantar a Adoración...

En eso se me ocurrió que quizá mi abuelo no conocía la caja que acababa de raptar del cuarto de mi papá y que a lo mejor le interesaba verla.

—¿Oye? ¿Y te gustaría ver algunas cosas que eran de mi tía? —le pregunté.

Puso una cara que no sé si era de tristeza, alegría, curiosidad o todo junto.

—¿Qué cosas? —preguntó—. Tu abuela mandó sacar todo lo que había en su cuarto para donarlo.

—Ah, pero esto no estaba en su cuarto —le dije, quitando la almohada que cubría la caja.

Hay momentos en que sufres mucho, momentos que no vas a fotografiar. Hay alguna gente que te gusta más que otra. Pero tú das, tú recibes, tú amas, tú estás allí. Cuando realmente estás allí, luego, al ver la foto, sabes lo que estás viendo.

Sebastião Salgado

18

MI ABUELO SE SORPRENDIÓ muchísimo al ver la caja: por lo visto era un secreto de mi papá y él no sabía que esas cosas habían estado ahí todo ese tiempo. Se puso a ver las fotos conmigo y me fue explicando quiénes eran algunas personas, aunque a la mayoría no las conocía. Había una foto donde mi tía estaba besuqueándose con un punk. Mi abuelo suspiró.

—¿Todavía se hacen esos peinados? —preguntó señalando la cresta verde del galán.

—Se llama *mohawk*, abuelito. Te rapas los lados de la cabeza y sólo dejas una franja del ancho del espacio entre tus cejas. Te dejas súper largo el cabello que queda ahí... bueno, lo ideal es que primero te dejes crecer el pelo y luego te rapes los lados, ¿no? Pero bueno, ya que está larga esa parte del cabello, lo modelas...

—¿Con engrudo?

—Pues... yo digo que mejor con gel y mucho *spray*.

—Ay, niña. ¿Y cómo sabes esas cosas?

—Una vez le hicimos uno al novio de mi amiga Suza. Encontramos una página en internet de cómo hacerlo en ocho pasos usando nada más una rasuradora eléctrica, *masking tape* y Moco de Gorila.

Mi abuelo me miraba con horror.

—Moco de Gorila es una marca de gel, abuelito. También se puede usar clara de huevo.

—¿Eso es otra marca de gel?

—¡No! Agarras un huevo, tiras la yema, bates la clara y ¡listo! Gel instantáneo.

Su horror disminuyó tantito, pero no demasiado.

—Tú no te vayas a hacer algo así, que se nos muere tu abuela. Si vieras los berrinches que hace por cómo te vistes...

—¿Por qué no me ha dicho nada?

—Supongo que por lo que te platiqué hace rato.

—Pero ¿no justo por eso debería decirme "Niña, no me gusta verte así, me traes recuerdos feos"?

—A lo mejor teme que reacciones mal.

Mi abuelito dejó la foto encima de las otras y se levantó.

—¿Luego me dejas ver el resto? Voy a calmar a tu abuela; tuvo demasiadas emociones para un solo día.

—Supongo que no nos querrá hacer de cenar, ¿verdad?

Mi abuelo se rio quedito.

—Yo creo que hoy te toca cenar cereal con leche —me dijo antes de salir de mi cuarto.

Pero yo no tenía hambre. Aunque con él había puesto cara de *Soy una persona adulta y madura y civilizada y entiendo todo lo que me dices,* y aunque me repetía en la cabeza una y otra vez "Bueno, ¿a mí qué? Ni conocí nunca a mi tía ni tendría por qué importarme este desgarriate", la verdad es que estaba bien sacada de onda. Vi la hora: apenas eran las nueve y media de la noche. "¡Pinche día más largo!", pensé. Largo, repetitivo y como montaña rusa: la clase de foto había estado bien chida, pero Adoración disfrazada de darketa había estado de la chingada. Aunque su amenaza de *o me-ayudas-o-te-destruyo* me había caído como patada en la panza, mi contraataque me había hecho sentir la más *warrior* de las *warrior princesses* del universo. Pero luego, con el berrinche de mi abuela me había ido otra vez para abajo; al encontrar la caja, para arriba; al platicar con mi abuelo, para abajo... Y otra vez me sentía bien sola, como a medio día. Si no fuera tan triste mi caso, incluso me parecería aburrido, por repetitivo. Prendí la compu y ni uno solo de mis contactos estaba *online* en el chat de Facebook. Escribí: "9:43, la hora en que me gana la melancolía", esperando que después lo vieran todos los que supuestamente me querían y que en ese momento andaban de fiesta, y que se sintieran culpables. Pero no era suficiente. Lo borré y puse: "9:43, la hora en que la soledad me atenaza y no hay nadie a quién contarle". Eso sonaba mejor, más *culpígeno,* como decía la orientadora de mi última secundaria. Prendí mi iPod y busqué

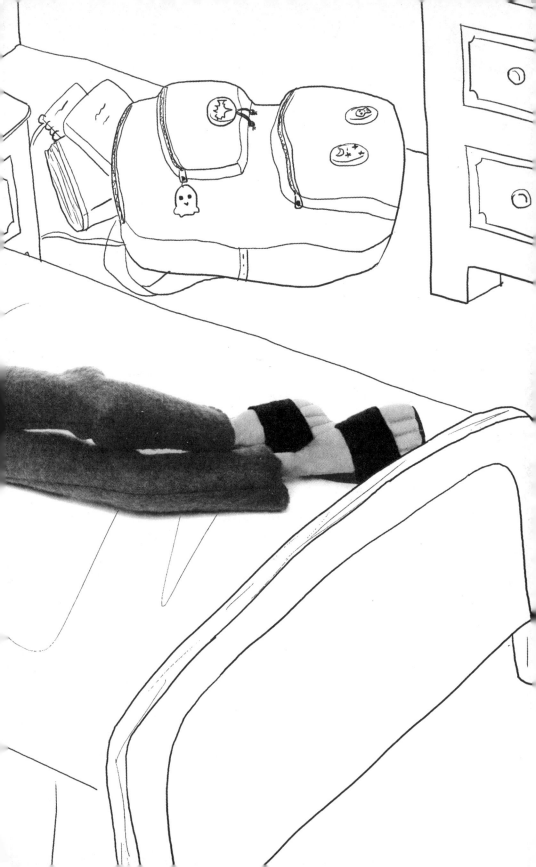

"Les magnifiques", de Damien Saez, una canción en francés que habla de amores perdidos y suicidas y quién sabe qué más (perdón: yo no hablo francés y el traductor de Google nada más me dio una idea aproximada de lo que dice), pero que es buenísima para ponerla en *repeat* y sufrir y sufrir, así que me puse los audífonos, la puse en *repeat* y me puse a sufrir. No tardé ni media rola en empezar a llorar, pero a llorar en serio, mientras la voz del cantante sonaba desesperada y sentía la música, lo juro, en medio del alma, no es exageración. Cada vez que acababa la rola respiraba profundo y medio me calmaba, pero en cuanto volvía a empezar, otra vez me daba la chilladera.

Lo peor es que mientras más miserable me sentía, más lo disfrutaba, tanto que cuando me empezó a dar sueño mejor me senté frente a la compu y me puse a leer los mensajes y chats de RoT, recordando cuando nos empezamos a escribir, todo lo que habíamos compartido, y luego su actitud tan lejana y sangrona desde que le avisé que me mudaría a su ciudad. Vagamente me di cuenta de que estaba haciendo eso para no pensar en lo de mi tía, pero ya me había ganado la tristeza de mis propios asuntos, porque al releer me di cuenta de que sí, que RoT me había dado alas y a veces me ponía "Ay, si un día vinieras al D. F. te llevaría al Chopo y al UTA a bailar y nos iríamos a ver pelis al Noctambulante", y blablablá, o sea que no era que yo solita hubiera pensado en lanzármele como mensa.

De pronto pensé que mientras yo lo veía como un mejor amigo con posibilidades de ir a más, él simplemente me había usado.

Con la rola todavía en *repeat*, me puse a escribirle a RoT:

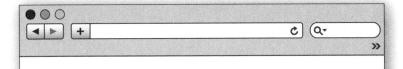

Querido RoT:

Son casi las diez de la noche pero yo me siento como si fueran las tres de la mañana: estoy cansada, muy cansada, y triste. Y despierta, escuchando como mensa, una y otra y otra vez "Les magnifiques", de Damien Saez. ¿Te acuerdas de ella? Te la compartí cuando apenas empezábamos a ser amigos; es una de las canciones que más me gustan en la vida porque me cala bien hondo sin necesidad de entender lo que dice, nomás por la música y la voz… ¿Sí te acuerdas? Cuando te la pasé dijiste que el cuate sonaba como desesperado, y sí, creo que eso es lo que me gusta: que suena a que tiene tantas cosas adentro que le desespera no poder sacarlas. Y así estoy: cansada, triste y con un montón de cosas que no sé cómo sacar.

También estoy llorando como hacía mucho que no lloraba. Y lo peor es que estoy tratando de contener el impulso de borrar en mi Gmail todos los correos y conversaciones que he tenido contigo. Ah, también estuve a punto de darte *unfriend* y *block* en Facebook. ¡Y encima te lo estoy confesando! Muy mal yo.

Pero es que te tengo que decir. Al leer algunas de las dos mil y cacho conversaciones que teníamos en Gtalk me di

cuenta de que, la verdad, nuestra amistad ha cambiado muchísimo desde que me mudé para acá. Para mal. Como si la complicidad que yo sentía que tenía contigo nunca hubiera existido, o como si se hubiera acabado hace mucho, muchísimo tiempo, y que lo que queda ahorita es nomás una versión medio podrida y guanga, donde nomás cada que te acuerdas me saludas o me mandas una rola, pero ya sin interés en mis problemas o mis chocoaventuras.

Es chistoso: en estos días que yo andaba buscándote para vernos y tú me sacabas la vuelta, yo me contaba la historia de un modo en el que yo era medio tonta y me había encaprichado a lo güey contigo. En esa historia, yo era la dramosita, que hacía tangos de la nada, y era también la aferrada, que había entendido mal tus señales y te estaba presionando a una cosa loca y sin sentido. Pero ¿qué crees? Al leer esos mensajes vi que desde el principio tú me coqueteabas, y grueso. No nos hagamos. Pero lo más triste no es eso, sino que no sé ni qué onda contigo. No es el hecho de no conocer tu cara, eso equis. Siempre me decía que eso no importaba porque conocía otra parte más importante de ti, tu alma, pues, aunque suene cursi. Pero ahora veo que le conté mis cosas más privadas a un completo desconocido que ni siquiera se preocupa por lo que siento. Como si hubiera marcado un número de teléfono al azar y me hubiera puesto a hacerle confidencias a la primera persona que me contestara.

Esto tiene algo muy desolador, la verdad. Y no sé por qué te lo cuento. A lo mejor porque me acabo de enterar de una historia tristísima y no tengo con quién compartirla. A lo mejor porque te extraño un montón. A lo mejor porque, aunque te extraño un montón, ya me cansé de sentirme culpable por buscarte y triste de no encontrarte. O a lo mejor porque, a fin de cuentas, y con todo lo triste y enojada

Raquel Castro

y sacada de onda que estoy, te agradezco los tips que me diste con lo de las fotos y la música que me pasaste. O a lo mejor porque soy una tonta.

Iz

Escribir este *mail* me tomó como catorce *repeats* de "Les magnifiques", porque hubo partes que tuve que reescribir y otras que de plano borré. Justo cuando le iba a dar "enviar", vi en mi cel un whatsappazo de Poupée:

> **Poupée**   23:29
> Vimos tu azotadez en el fb. ¿Qué onda?

Le iba a contestar que no era nada, pero entonces llegó otro mensaje.

> **Poupée**   23:30
> Estamos en la puerta de tu casa.

Me asomé a la ventana. Ahí estaban Poupée y Manu, ¡disfrazados de zombis! Ella traía un uniforme de

enfermera todo desgarrado y lleno de manchas de sangre, y él iba de cura, con cuello clerical y toda la cosa, pero con la cara desgarrada gracias a algún tipo de maquillaje. Nada más de verlos me dio un ataque de risa y tuve que ponerles pausa a mis intensidades en el iPod. Les hice señas de que me esperaran tantito y bajé a sentarme con ellos en los escalones de la entrada de la casa.

—Qué mal te ves, ¿eh? —me dijo la enfermera sangrante.

—Sí, pareces muerta —la apoyó el cura desfigurado.

Los tres nos carcajeamos un buen rato. Cuando nos calmamos les dije:

—¿No que iban a estar toda la noche en el maratón de cine?

—Esta mensa se metió a su Feis y leyó que andabas toda agüitada, y así no se puede —dijo Manu.

—Total, la peli era la de *Zombis en el avión*. Es malita y ya la vimos como quince veces. Ya, dinos qué tienes.

Una vez más, llegaban ellos dos en mi rescate, como el día que fuimos a casa de Poupée.

—Oigan, ¿no los aburro con esto? Va a parecer que no sé hacer otra cosa que quejarme.

—Tenías que ver a ésta cuando cortó con el baboso de Priego. Ya, suelta la sopa.

No podían creer lo de Adoración disfrazada y menos lo de la escenita con mi abuela. Me iba a brincar lo de

mi tía porque pensé que eso no era asunto mío para volverlo chisme, pero al querer brincarme a mi *loop* con "Les magnifiques", Poupée me paró en seco.

—¡Nada, nada! Te estás brincando lo importante.

—¿Qué? Pues es un asunto familiar equis —le dije.

—Ajá, y por eso Chona te quería chantajear, ¿no? —la apoyó Manu.

—Mira que nos salimos del maratón de cine diez horas antes de que acabara y fue sólo por ti —agregó Poupée, poniendo voz de víctima de telenovela.

Cuando terminé de platicarles, los tres nos quedamos callados. Me seguía sintiendo triste, pero al menos ya no me sentía sola. Y eso era una gran ventaja.

Los fotógrafos trabajan con cosas que
constantemente están desapareciendo,
y que cuando han desaparecido ya no
hay forma de traerlas de vuelta.

Henri Cartier-Bresson

19

MANU Y POUPÉE se quedaron conmigo hasta las dos de la mañana. Como no tenía permiso de mis abuelos de recibir a mis amigos a esa hora, fue como una piyamada *underground*: estábamos encerrados en mi cuarto, hablando entre susurros y soltando risitas nerviosas a cada rato, como si de veras estuviéramos haciendo algo prohibidísimo.

—Imagínate que de pronto entrara tu abuela —dijo Poupée en algún momento.

—No, seguro está bien dormida —le respondí.

—¡No seas aguafiestas! Ándale, imagínatelo. Que de pronto se abre la puerta y es tu abuela con su camisón blanco, su gorro de dormir y su platito con una vela en la mano.

—¿Y pantuflas de peluche no quieres?

—¡Sí! ¡De conejitos! —aportó Manu.

—Para su información, mi abuela no se viste como viejita de caricatura. Hasta usa pantuflas de tacón.

—¡Órale! ¡Yo quiero unas pantuflas de tacón! ¿Dónde se consiguen? —preguntó Poupée.

—¿Y para qué las quieres, para tu clase de yoga? —le preguntó Manu.

—Ash. No cambies de tema. A ver —insistió Poupée—: entra tu abuela y te encuentra con tu amigo gay disfrazado de cura zombi y una chica súper sexy vestida de enfermera no-muerta.

—¿Y ésa de dónde la sacamos? —la molestó Manu.

Nos reímos los tres, pero quedito. Ya me sentía mejor, hasta con ánimos de acabar de esculcar la caja. Les dije y les pareció una gran idea. Lo primero fueron las fotos. Poupée casi se muere de la emoción cuando vio la de mi papá con Chava y Alf:

—¡No manches, el Chavarrock está igualito! No, es más: ¡está más guapo ahora! Yo no sé, pero el próximo sábado vamos al Chopo y me lo presentas, ¿eh?

Había como cincuenta fotos aparte de las que ya había visto con mi abuelo, pero mi tía sólo estaba en cuatro o cinco. Primero me pareció raro pero luego pensé que si ella era la que las tomaba, pues era obvio que casi no saliera, ¿no? No parecía una chava rebelde y mala onda: en general salía con una sonrisa triste y actitud tímida. Sólo en la del beso con el punk se veía más atrevidona, y tampoco era para tanto. Bueno, eso y lo del tipo encuerado en la cama de sus papás, que sí estuvo más *hardcore*.

—Oye, de veras te pareces un montón a tu tía —dijo Manu—. La cara que ha de haber puesto tu abuela al verte con tu *look* darki la primera vez.

—Seguro pensó que eras un fantasma —dijo Poupée—. Ay, ya me dio miedo. ¿Y si de veras se nos aparece?

—Pues le pedimos tips para ligar —respondió Manu—. Timidona y lo que quieras, pero se ve que tenía pegue.

—Y tips de moda: ¡vean qué estilazo! —y les enseñé una foto donde la tía estaba con una falda de tul y una playera sin mangas con cortes como de navaja que, en serio, se veía lo máximo.

Además de las fotos había un cuaderno con poemas. Primero pensé que eran de mi tía, pero luego vi que al pie de cada uno decía el autor: Xavier Villaurrutia, Jean Genet, Federico García Lorca… Les leí un par en voz alta y coincidimos en que estaban muy buenos.

—Hay que decirle a la señorita Dalina que nos pase libros de estos carnales, ¿no? —propuso Manu.

—"Carnales" —lo imitó Poupée—. ¿Ves que te sale lo metañero?

Pasé las páginas más aprisa y vi que el último poema estaba con letra distinta. Se titulaba "Elegía" y decía que era de Miguel Hernández. Lo leí en silencio y me pareció la cosa más dark, triste y hermosa del mundo: se trata de un chavo que se muere y todo el dolor que le causa eso a su mejor amigo. Al final

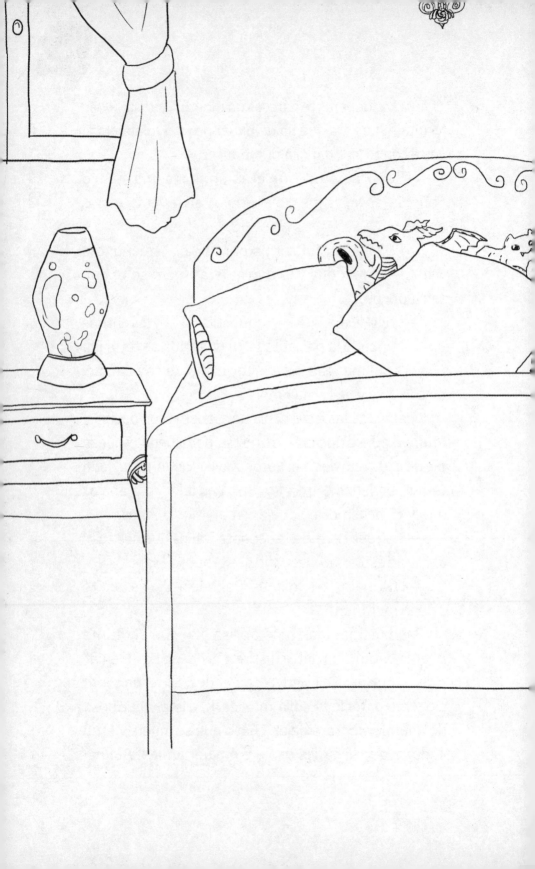

decía: "Sofi, te vamos a extrañar siempre", y firmaba ¡mi papá! ¿O sea que además de guitarrista metalero era fan de la poesía? Wow.

En la caja también había unas cartas y otro cuaderno, que parecía un diario, pero me hice güey: esas cosas mejor las iba a leer cuando estuviera sola. También había varios cassettes de música. Cada cajita había sido forrada especialmente con más recortes de revistas y con letra muy bonita decía qué rolas traía. Nos pareció muy divertido que varias de ésas eran también de nuestras favoritas (de Poupée y mías, claro). Por ejemplo, un cassette que tenía como título en la cajita "Cuando ando" traía "Take this waltz" de Leonard Cohen, "Pictures of you" de The Cure, "Some kind of stranger" de Sisters of Mercy y "Romeo's distress" de Christian Death. Otro cassette, titulado "Cuando pienso", traía rolas de Dead Can Dance, Sopor Aeternus y Sol Invictus.

—Wow, ¿no tienes un estéreo que toque de éstos? —preguntó Poupée.

Me encogí de hombros: a lo mejor había uno en el cuarto de mi papá, pero yo no sabía, y como que no era hora de seguir esculcando; ya bastante nos estábamos arriesgando: ¿y si de veras despertaba mi abuela y me encontraba a esas horas con el par de zombis? Se lo dije y, aunque de mala gana, estuvieron de acuerdo.

—En la casa tengo un chunche para convertir a mp3 cassettes y discos —dijo Manu.

Poupée y yo nos pusimos como locas y le pedimos que nos los convirtiera el domingo. Él se hizo del rogar un rato:

—Ustedes los darketos siguen escuchando la misma música desde hace treinta años. Seguro que lo que venga en los *tapes* ya lo tienen en sus antologías de Cleopatra y Projekt.

—¿Y si no? —le preguntó Poupée—. Acuérdate, tú siempre andas diciendo que Cleopatra y Projekt dejan fuera de las antologías las mejores rolas.

—¿Todavía existe Cleopatra? — pregunté. Antes de que yo naciera, era una disquera gótica que se había clavado haciendo antologías y que tenía algunas buenas, que todavía podían bajarse de internet. Había una, la Goth Box, que Carlos le había conseguido a Suza en un botadero en San Antonio como en cinco dólares. Cuando la buscamos en ebay descubrimos que la vendían, nueva, en 1500 dólares; luego nos metimos al sitio de Cleopatra, sólo para descubrir que seguía haciendo antologías, pero ahora de *triphop* y *psycho* y hasta *country* y *blues*: cero que ver con lo que había sido.

—El punto no es si existe Cleopatra, Iz. El asunto es que ustedes quieren que dedique mi domingo a pasar cassettes a mp3. ¿Me prometen que los van a escuchar enteritos?

Las dos prometimos que sí muy formalmente y Manu guardó los cassettes en su mochila. Bostecé. Agarré mi cel para ver la hora y casi me muero: en la

pantalla bloqueada tenía como diez notificaciones de mensajes de RoT.

—¿Qué pasó, Iz? ¡Parece que viste un zombi! —dijo Poupée.

—Ah, es que algo que no les conté es que le mandé un *mail* medio feo a RoT.

—¿A tu amigo imaginario? —bromeó Manu, pero le eché una miradita que ya no dijo nada más.

Les conté a muy muy grandes rasgos lo que decía la carta y obviamente me hicieron abrir mi carpeta de mensajes enviados para enseñárselo. Lo leyeron en silencio y cuando terminaron Poupée dijo:

—¡Qué azotada!

—...dice la que llenó tres cuadernos de cartas de amor cuando terminó con el tarado de Priego —reviró Manu.

—Exagerado —le dijo Poupée pintándole huevos. Luego volteó a verme a mí—: Bueno, ¿qué? ¡Hay que ver los mensajes que te mandó!

Me dolía la panza de nervios. Quería verlos pero no quería verlos. Lo más probable era que estuviera muy enojado y pensara que yo era una loca histérica y en sus mensajes me estuviera mandando derechito al demonio. Dijo Manu:

—¿Y si más bien sintió pasos en la azotea y lo que te dice es que fue un estúpido y que no quiere perderte?

—Y según yo soy la melodramática, ¿eh? —se burló Poupée, que volvió a la carga—: Pon tú que te

manda a volar, así como que en el peor de los casos. ¿No prefieres saber de una vez que estar en el ácido?

—Eso. Y sirve que también nosotros salimos de la duda —la apoyó Manu.

Suspiré, no muy convencida. O bueno, sí convencida pero todavía sin ganas.

—Mira, si quieres los vemos nosotros y te lo decimos suavecito —insistió Manu.

Sé que es una idea pésima, porque ¡¿dónde queda la intimidad?!, pero al mismo tiempo podía estar bien.

—Bueno, podemos establecer un código: ustedes lo leen y me dicen "Bauhaus" si son buenas noticias y "Metallica" si apesta —propuse.

—¡Épale! Mejor decimos "Metallica" si sus mensajes rockean y "Bauhaus" si están aburridos.

—¡Cuidado, Manu, que en eso somos dos contra uno! —le dijo Poupée.

Total, acordamos que dirían "chale" si los mensajes estaban pinches y "chido" si estaban buena onda. Mientras ellos leían, yo me mordía las uñas.

—Tienes que leerlo —dijo Manu a los pocos segundos.

—¡Pérate, prisas! ¡Deja acabo! —dijo Poupée, y luego le dio la razón—: Sí, tienes que leerlo.

—¿Pero es "chido" o "chale"?

Poupée me puso el celular enfrente de la cara.

Leí los mensajitos cuatro o cinco veces antes de levantar la vista.

RoT

último acceso ayer a las 23:49

RoT   23:47

Acabo de leer tu mail. Lo siento

RoT   23:47

la verdad es que las cosas han estado de la ch… pero no es tu culpa ni es justo que me porte así contigo

RoT   23:47

Entiendo que ya no quieras saber nada de mí nunca pero sólo quiero decirte que nunca quise lastimarte

RoT   23:47

y que te quiero mucho

—¿Y eso qué significa? —les pregunté a Manu y a Poupée.

Se encogieron de hombros: al menos no era yo la única que no había entendido qué trataba de decirme RoT con eso.

Para mí, la fotografía debe sugerir,
no insistir ni explicar.

Brassaï

20

POUPÉE Y MANU se fueron tras asegurarse de que yo ya estaba tranquilita y no iba a escribir más sandeces en Facebook o, peor, a mandarlas por *mail*. Me convencieron de mejor esperar al lunes antes de contestarle a RoT y llevármela con calma el domingo.

—Nomás no le escribas nada, ni les des *like* a sus fotos ni nada de nada, ¿eh? —me advirtió Poupée.

—El chiste es que no la riegues, pero también, de pasada, que sienta el rigor de tu ausencia —remató Manu.

Me sentí como cuando era niña y les prometía a mis papás que iba a ser buena, y de todos modos no se me ocurría qué podía decirle a RoT después de esa respuesta tan marciana o, peor, ambigua.

Para buena o mala suerte, la siguiente semana los maestros enloquecieron todos al mismo tiempo y nos dejaron tanta tarea que nomás a ratitos tuve tiempo de pensar en RoT. Para ayudarme tuve que borrar de mi celular todas mis apps de redes sociales,

menos el Whatsapp, porque tampoco era cosa de quedar aislada de todo mundo, pero eso sí, en el Whats lo bloqueé. Una parte de mí se ponía a fantasear con que estaba angustiadísimo, mandándome miles de millones de mensajes, mientras que la otra parte de mí estaba segura de que ni cuenta se iba a dar de nada porque su mensaje críptico había sido una despedida o algo así. Y bueno, entre tareas y exámenes sorpresa y exposiciones, Adoración no tuvo mucho chance de pelarnos a Manu, Poupée y a mí, pero eso sí: diario fue estrenando un modelito darki padrísimo. Su bolita de amigas, tres tipas equis que la seguían a todos lados y la obedecían en todo, ahora también andaban de negro, pero por lo visto no tenían el mismo presupuesto, o bien una de sus reglas era que no podían verse mejor que la jefa, así que nomás andaban de playera y jeans negros y traían unas jetotas de disgusto que a kilómetros se notaba que no les hacía gracia el cambio.

El miércoles, cuando salíamos del salón para ir al laboratorio de física, mandó a sus amiguitas por delante y se me acercó.

—Qué —le dijo Manu, en su pose de rudo rudísimo.

Poupée lo apoyó parándose atrás de él y cruzando los brazos. A mí sí me habrían dado miedo, pero Adoración tenía nomás dos neuronas y eso le ayudaba a ser tan valiente: de hecho, lo que hizo a continuación fue barrerlos completitos con la mirada y luego volteó a verme a mí.

—Dile a tu guarura que la cosa no es con él ni con su amiguita —y luego agregó más quedo, torciendo la boca—: vengo en son de paz.

Les dije a mis amigos que todo estaba en orden y me aparté un poquito con Adoración. Ellos se quedaron mirando, bien atentos, como si la loca fuera capaz de sacar de repente un puñal. Pero no.

—Ni creas que se me olvida la que me debes. Pero ya: tú no te metas con Alex, si te pregunta le dices que soy *la* onda y a cambio yo hago como si no existieras.

—¿De veras piensas que él te va a creer que te volviste dark de un día para otro? —le respondí.

Me barrió como había hecho con Manu y Poupée y torció la boca para el otro lado.

—Cuando necesite tus consejos te aviso, ¿eh? Y no me cambies de tema. Ya te dije: tú no te pones de resbalosa con él y todos tranquilos.

—¿Te mandó tu abuela a disculparte, verdad? —se me ocurrió preguntarle.

Se puso de todos colores y se fue rápido rápido a alcanzar a sus amigas. Ni siquiera pude decirle que por mí se podía llevar al tal Alex de trofeo a su casa, que yo ya estaba hasta el copete de los fulanos. En cuanto ella se fue se me acercó Alex, que en toda la semana no me había hecho caso para nada.

—¿La mordiste y le contagiaste el vampirismo? —me preguntó, señalando con la barbilla a Adoración, que se alejaba por el pasillo.

Si la pregunta me la hubieran hecho Manu o Poupée seguro se me habría ocurrido algo muy ácido como respuesta, pero con él se me había puesto la mente en blanco y otra vez me le quedé viendo el brillito del diente. Por lo menos duró sólo un momento mi estado de trance, así que pude decir alguna cosa genérica intercambiable antes de que fuera a creer que yo era un zombi:

—Yo qué. Seguro fuiste tú.

Ya sé, una respuesta muy mensa, pero algo es algo.

—A mí no me embarres. La conozco desde hace siglos y nunca le había dado por la negritud. Además, si yo fuera a morder a alguien, pues no sería ella a quien escogería —me dijo, mirándome tan fijo que se me puso la piel chinita.

—Chonis no es mala bestia —medio tartamudeé.

Pensé: "Bueno, ya está: le hablé bien de ella a Alex". Cumplí con mi parte, ¿no?

—¿Chonis? —se carcajeó él.

—Sí, ¿qué a las Adoración no se les dice Chona? —me hice la inocente cuando me di cuenta de que le había dicho a él el nombre clave con el que hablábamos de Adoración. Uff. Si ella se enteraba, seguro se terminaba nuestra "tregua". Tampoco era que me importara, pues, pero ser mala leche no era mi onda.

—Bien bajado ese balón —dijo Alex, todavía muerto de risa—. Y sí es mala bestia, aguas. ¿Que estás yendo con ella a clases de foto?

—¡Ella se metió a mis clases! Mi pinche abuela le contó a su pinche abuela y cuando me di cuenta ya estaba ahí.

Él se rio otra vez.

—Típico de Adoración. Neto, aguas con ella —insistió.

Y sin decir nada más, se colgó su mochila y empezó a caminar hacia la salida.

—¿No vas a ir a laboratorio? —se me salió preguntarle.

—Tengo cosas que hacer. Luego me pasas los apuntes, ¿no?

Yo asentí con la cabeza pero él ya no volteó. Cuando alcancé a Poupée y Manu, que obviamente habían escuchado todo, estaban regocijados.

—No le hagas caso a Choni. ¡Lígatelo! —propuso Manu.

—Y le mandas fotos a RoT para que se arda —dijo Poupée.

Hacía un rato que no pensaba en RoT y sentí que se me hacía un nudo en la garganta, pero se me pasó súper rápido cuando Manu dijo que llevábamos casi quince minutos de retraso para llegar al laboratorio. Sólo volví a acordarme de él cuando llegué a la casa directito a prender la compu y vi el post-it que yo misma puse en la pantalla: "NADA DE FACEBOOK NI DE MENSAJES A ROT!!!!"

Me costó mucho menos trabajo que los días anteriores y me pregunté si era normal sentir algo tan

intenso pero nomás a ratos y al mismo tiempo emocionarme tanto nomás de platicar un momentito con Alex. Luego pensé que habría sido la onda que mi tía estuviera viva para poder preguntarle a ella. Puras ganas de torturarme sola, ¿verdad?

En todo caso, el resto de la semana Alex no volvió a pararse por el salón y Adoración cumplió con fingir que no existíamos. Cada día se veía más de malas, supongo que porque tenía que andar como Morticia por si veía a Alex y nomás no se le cumplía el capricho. Me imagino que por eso mismo no fue a la clase de foto el siguiente sábado, y gracias a eso pude concentrarme en lo que decía el maestro en vez de estar aguantando sus burradas. Lo mejor de todo fue cuando terminó la clase: me esperé al final para preguntar algo sobre los pagos a la recepcionista ¡y que llega Alex! Así, de la nada. Yo me quedé con la boca abierta, dándome de topes mentalmente porque iba toda fodonga, mientras que él llevaba unos pantalones de pana gris y una camisa de manga larga negra que se le veía muy bien. Cuando me vio puso una cara muy rara, que me sonó a *¿Me estás estalqueando, chavita loca?*, pero en eso la secretaria me dio la información que necesitaba y él sonrió, enseñando su diente con brillantito que cada vez me gustaba más.

—¿Qué haces aquí? —me preguntó—. ¿A poco ésta es tu escuela de foto?

—Isabel está en el curso de principiantes de los sábados. Dice el prof que es muy prometedora —se metió la secre, haciendo que yo me pusiera de todos colores.

—¡Órale! ¡Qué buena onda! —me dijo él—. Pero te hubieras metido al curso de entre semana.

—¿Por? ¿Seríamos compañeros? —fue lo primero que pude decir antes de que la secre volviera a hablar por mí. Y entonces ella se rio.

—No, él sería tu maestro —dijo, ahora hablando por Alex—. Pero estás muy grande para ese curso. Es para menores de doce años.

Quién sabe qué cara habré puesto que los dos soltaron la carcajada. No supe si ofenderme o reírme con ellos, pero entonces él me dedicó la sonrisa más bonita del mundo y me quedó claro que no se estaban burlando.

—La verdad, qué bueno que no estás en ese grupo, porque el reglamento prohíbe que los maestros salgan con los estudiantes. Las niñas de diez años no serían un peligro para mí, pero tú sí.

—Yo haré como que no escuché nada —dijo la secretaria con una sonrisa cómplice y saliendo de la recepción.

Le iba a decir que no, que Alex estaba jugando, pero se fue muy rápido y al momento siguiente ya estábamos solos él y yo.

—Estás toda rojita —me dijo.

Me llevé las manos a las mejillas y sí: las sentí calientes, calientes.

—Es que ve mis fachas —fue lo único que se me ocurrió responder. Era una respuesta tonta, pero habría sido peor decirle "Es que me emocioné con lo que dijiste y estoy toda chiveada".

—Pero si no te estoy invitando a un restaurante de lujo. Nada más dame chance de dejarle a Cristi los trabajos de mis alumnos y vamos por una pizza o algo, ¿no?

"¡Me está invitando a salir!", pensé. Bueno, a salir no, porque cada quien salió por su lado y nos encontramos de casualidad… Pero si de ahí nos íbamos juntos a lo mejor sí contaba como salida, ¿no? Y mientras yo tenía estas hondas cavilaciones, él, ahí junto a mí, me miraba con una ceja levantada y una sonrisa de lado que le quedaba muy bien.

—Sí, pizza. ¿Quién es Cristi? Mientras, yo aviso en mi casa —lo dije todo así, de corridito, sin que tuviera ninguna lógica.

Asintió y me guiñó el ojo. Sacó un sobre de su mochila y fue al salón. Desde la recepción lo oí hablar con la secretaria. "Cristi es la secretaria", me dije, nomás por obvia. Y le marqué a mi abuela.

—Hola, abuelita. Oye, vamos a ir a hacer una práctica… con todo lo que pasó la semana pasada se me olvidó decirte. Pero es hoy. Y entonces como por acá y llego al rato. Besos.

Colgué, bien orgullosa de mí y de mi aplomo. Claro, había hablado con la contestadora, pero de todos modos había dicho lo que quería decir sin rodeos ni miedo a mi abuela. Claro, sólo cuando colgué, toda valiente y gallarda, me pregunté por qué no le había dicho la verdad: me encontré con un amigo de la escuela que es maestro de foto (¡tan chavo!, ¿quién lo iba a pensar?) y vamos a ir a comer y a platicar de unas tareas... Ok, ésa tampoco era la verdad, pero era una mentirita blanca más cerca de la verdad. Ni modo de decirle: "El mundo es un pañuelo, como tú acostumbras decir, abuela, y me encontré en la escuela de foto al chavo que le gusta a Adoración y que, por cierto, a mí también me gusta. Y parece que yo le gusto, porque me invitó a comer pizza". Eran demasiadas explicaciones para una abuela medio chismosilla y malgeniuda.

—¿Ya avisaste? —me preguntó Alex desde la puerta.

—Ya —le dije toda sonriente, y lo alcancé—. ¿Adónde vamos?

—Oye, me dijiste que tu amiga Choni también toma clases los sábados, ¿quieres que la invitemos?

Obvio era broma, pero la neurótica de mí sintió como un pellizco de celos. ¿Qué tal que había venido a buscarla a ella y como no estaba se conformaba conmigo? Era una ridiculez, yo lo sabía, pero a veces puedo ser muy ridícula. Tuve que hacer un esfuerzo del tamaño de su sonrisa para no decirle eso.

—Si quieres, le echo un whatsappazo para que nos alcance —respondí finalmente, con una sonrisota llena de una seguridad en mí misma que para nada sentía.

—Es un caso, ¿verdad? —dijo riendo.

Me encogí de hombros. Mi parte insegura pensaba: "Claro, lo que quiere es que le platiques de Adoración", mientras mi lado sensato me suplicaba que dejara de pensar idioteces. Lo genial fue que no la volvió a mencionar. Se puso a preguntarme por qué me había inscrito en la escuela, desde cuándo tomaba fotos, etcétera.

Llegando a la pizzería, que era un local chiquito y medio onda dark, le enseñé algunas en mi cel, de las que sólo RoT había visto hasta entonces. Él fue mucho más amable que RoT: en vez de criticar cada detalle me decía primero lo que les encontraba de bueno y luego, si acaso, algún detallito que se podría mejorar. Yo lo estaba disfrutando mucho hasta que mi lado neuras pensó: "Seguro así es de apapachón con sus alumnitas de once años", pero no dejé que eso me amargara el rato, porque ¿qué hay de malo en que te apapachen? Además, lo que decía bonito de mis fotos, no es por nada, pero era verdad: seré principiante pero tengo buen ojo.

—Ésta es mi pizzería favorita —dijo acomodándose en la barra.

Me senté a su lado, un poco nerviosa de estar tan cerca de él.

—Yo les ayudé en la decoración y el diseño del menú —añadió cuando nos trajeron la carta.

Me fijé: en las paredes había fotos de punks, skatos, darks, metaleros. Unas estaban realmente padrísimas.

—¿A poco tú tomaste las fotos? —le pregunté.

Me respondió inclinando un poco la cabeza y haciendo un silbidito muy mono que, de tener subtítulo, habría sido "¡A huevo!".

—¿Desde cuándo tomas fotos? ¿Cómo que ya hasta maestro eres? ¿Por eso faltas tanto a clases? —pregunté muy en mi estilo de soltar todo a la vez.

—Se te descompuso la barra espaciadora —me dijo.

De entrada no le entendí pero me enseñó en su teléfono una imagen que tenía un textito que decía: "auxiliosemerompiólabarraespaciadoraaaaa". Era muy bobo pero me dio risa. En eso nos llevaron la comida y atacó. Con la boca llena me dijo:

—Orita te cuento, deja como algo que me estoy muriendo de hambre.

Eso era bastante claro: él ya tenía media rebanada de pizza en la boca, y yo apenas estaba asomándome a ver si había salsa inglesa.

Un fotógrafo sólo tiene que esperar a
que llegue el momento preciso para
capturar lo que quiera.

Weegee

21

YO PENSABA QUE, por los nervios, no iba a poder comer enfrente de Alex, pero la pizza olía tan bien que perdí el pudor. Y sí, estaba rebuena. Era al horno, de masa muy delgada, con mucho queso y trozos de jitomate en la salsa, además de champiñones, carne molida, jamón y pimientos. Era la especialidad *vegetariana carnívora*.

—¿También ayudaste a poner nombre a los platillos? —le pregunté levantando una ceja.

Asintió otra vez con el chiflidito, sin hacer caso del tono de burla de mi pregunta. Es que, además de la *vegetariana carnívora*, había la *Popeye enamorado* (de espinaca con corazones de alcachofa), la *tres cochinitos* (de jamón, lomo canadiense y salami), la *descarnada* (de puros vegetales) y quién sabe qué otras igual de mensas. O sea, no eran tan malos los nombres, pero no me lo podía imaginar a él haciéndose el chistoso.

Mientras comíamos, como que le fui perdiendo el respeto. Bueno, no, dicho así suena muy feo, pero como

que dejó de intimidarme tanto: algo pasa cuando la gente come a gusto… digamos que pierde la pose. O a lo mejor no es eso, sino ver que, a fin de cuentas, tienen las mismas necesidades que yo. Y Alex resultó mucho más buena onda de lo que yo me hubiera imaginado.

—Oye, ¿y por qué no eres así en la escuela? —le pregunté de pronto.

Él se quedó a medio bocado y me miró como si le hubiera hablado en ruso.

—¿Así, cómo?

—Pues así, simpático, platicadortz —acá entre nos, si terminas las palabras en *tz* suenan más casua-lillas. Es como el ":P" al final de los mensajitos.

Sonrió de lado, acabó de masticar y pasó el bocado.

—¿Estás diciendo que en la escuela soy un esnob insoportable?

—Esnob, no. Nomás antisocial —dije, según yo tratando de arreglar las cosas (pero obviamente soy pésima para arreglar las cosas). Lo bueno es que él se lo tomó bien, como si hubiera dicho yo algo súper chis-toso.

—¿Qué? ¿Dije algo divertido? —le pregunté.

—Pues es que me parece cotorro que la darki que nomás tiene dos amigos en el salón me critique por antisocial.

—¡Oye! Al menos tengo dos amigos. Y si tomas en cuenta que es mi primer año en esta prepa no está tan mal, ¿o sí?

—¿Insinúas que yo no tengo amigos? —preguntó en un tono que no supe si era en serio o en broma, si estaba enojado, triste o qué.

Me quedé pensando un poco para no regarla otra vez, pero entonces se carcajeó.

—Sí tengo amigos, nada más que unos están en sexto y la mayoría ya ni siquiera van en esa escuela. ¿O por qué crees que me voy todos los días en cuanto puedo?

—¿No para dar clases de foto?

—Eso es sólo un día a la semana. ¿Alguna otra pregunta?

De hecho tenía dos: "¿Por qué estás requinteando?" y "¿Tiene esperanzas contigo Adoración?", aunque, claro, esa pregunta tenía de subtítulo "¿Tengo esperanzas yo?", porque, la verdad, la verdad, la verdad, sí me estaba empezando a gustar mucho. Mientras decidía cuál de las dos preguntas hacer estiré la mano para agarrar la salsa inglesa, pero justo en ese instante él la agarró también, así que mis dedos quedaron encima de los suyos. Quité la mano luego luego, pero sentí rarísimo, como que se me erizaban los vellitos de la nuca, y ese escalofrío me bajaba por la espalda mientras el estómago daba un brinco a mi garganta y de regreso a su lugar. Como por reflejo, bajé la mirada y la clavé en lo que quedaba de pizza: la sola idea de mirarlo a los ojos me hacía sentir que me iba a poner de color rojo jitomate. Él no se dio cuenta, o fingió que

no se daba cuenta, pero soltó la salsa inglesa y me la cedió con un ademán. Yo sentía que me temblaba la mano mientras le ponía la salsa a la pizza, y como no quería mirarlo a él, seguí poniéndole salsa inglesa a mi rebanada como si fuera la tarea más delicada del universo.

—¿Quieres tantita pizza en tu salsa? —preguntó.

Yo le dediqué la sonrisa más tiesa de la historia de la humanidad y, para según yo salir del momento incómodo, le hice la pregunta… la equivocada, por supuesto.

—¿Y te haces del rogar con Adoración para luego dejarte querer?

"¿De dónde salió eso? ¿Así o más ardida, Izzy? ¿Qué pasa contigo?", me gritaba yo sola por dentro, mientras por fuera no podía quitar la sonrisa tiesa.

—Yo pensé que me ibas a preguntar de qué signo soy o desde cuándo estoy metido en lo de la foto —dijo él.

Si yo fuera una persona sensata, le habría contestado "Ah, sí, cuéntame de tu vida con la foto" o algo por el estilo, pero la *freak* que vive en mí pensó: "Claro, dice eso para zafarse y no contestar lo de Adoración". Y todavía más: "Seguro que sí quiere andar con ella y nada más se está cotizando". Y peor: "¡Me está usando para darle celos a la loca ésa!" Ni modo, me da vergüenza admitirlo, pero soy la reina del malviaje. Así que en vez de aprovechar y salir del resbalón como una persona sensata, salí con mi *freakez*:

—¿O sea que sí quieres andar con Adoración?

Estaba lista para que me dijera que sí y salir corriendo humillada y dolida. "Si me dice que sí, saliendo de aquí desbloqueo a RoT de mis redes sociales y le pido que sea mi cibernovio", pensé. Me sorprendí vagamente al darme cuenta de que tenía un rato sin pensar en RoT y luego me volví a sorprender vagamente de lo fácil que mi cabeza cambia de tema sin salir del malviaje, pero el malestar se me cortó de golpe con su respuesta:

—Si quisiera andar con Adoración estaría comiendo con ella, ¿no?

Casi me atraganto. Y eso que lo único que tenía en la boca en ese momento era saliva. Claro, tenía que ser cautelosa, porque aunque lo obvio era interpretar eso como "Dado que estoy comiendo contigo, resulta que quiero andar contigo", también podría significar "Dado que no quiero con ella, estoy comiendo con la primera huerquilla que se atravesó en el camino". Despacito, y armándome de mucho valor, levanté la vista de mi plato y descubrí la mirada más sexy, intensa y maravillosa, clavada justo en mí. No en la pizza, no en la salsa inglesa, obvio no en una foto de Adoración (que no teníamos a la mano), sino en mí. Respiré hondo, traté de sonreír más o menos en el mismo plan (no me salió así que me conformé con una sonrisa boba) y dije:

—¿Pedimos un postre?

Ya lo sé, no tengo remedio, pero puedo argumentar a mi favor que soy una especie de Mowgli que

nunca había convivido tanto con seres humanos de carne y hueso, porque si todo esto hubiera sido en un chat, de seguro me habría comportado con un aplomo bárbaro y habría sido la más ingeniosa, pero en un chat nunca me había sentido así de emocionada a la hora de platicar con un chavo, ni siquiera con RoT.

—¿En qué piensas? —me preguntó Alex.

—En que no sé qué contestar —ni modo de decirle "en mis ciberligues".

—Podrías preguntarme si quiero andar contigo.

—¿Y qué me responderías?

—Que sí.

Otra vez nos quedamos callados. Me sudaban las manos y me costaba trabajo respirar.

—¿Sabes cómo se soluciona un silencio incómodo? —dijo él tras una pausa que se me hizo larguísima.

Negué con la cabeza.

—Así —susurró mientras se inclinaba sobre mí, y me dio un beso largo, largo y muy dulce. "No sabe a pizza", pensé, pero entonces se me desconectó el cerebro y simplemente nos seguimos besando.

En la fotografía no hay sombras que no
puedan ser iluminadas.

August Sander

22

LAS COSAS COMENZARON a complicarse por mi culpa: yo solita me eché la soga al cuello cuando le dije a Alex que prefería que nadie supiera que teníamos ondas. En un primer momento se me hizo muy fácil y lógico: mejor que Adoración no se enterara, para que no hiciera berrinches y que no fuera con el chisme con su abuela y luego con la mía (eso por no hablar de sus venganzas psicóticas). Lo malo es que para ocultarlo de Adoración se me ocurrió que había que mantenerlo en secreto de todo mundo, o a lo mejor me dio cosa confiarles una cosa así a Manu y a Poupée, ya ni sé. El chiste es que decidí que nadie debía saberlo y Alex no puso muchos *peros*. Primero no estaba de acuerdo y decía que era ridículo tenerle miedo a Choni, pero luego admitió que mientras menos tuviéramos que ver con ella, mejor.

—Total, ni pasas tanto tiempo en la escuela —le dije.

—Pero tú no sales de ahí. ¿Qué, vamos a ser novios de Facebook nada más?

Sentí que se me doblaban las rodillas.

—¿Vamos a ser novios?

—Yo no ando besando a la gente nomás por convivir. ¿Tú sí?

Le di un zape suavecito y él me dio un beso.

—Bueno, nada más para saber que estamos en el mismo canal: ¿entonces somos novios? —le pregunté.

—Si no quieres, no.

—Oh, ¿no te digo? ¡Sí quiero!

—Bueno, pues entonces somos novios.

—Pero en secreto.

—Pues yo digo que estás bien loquita, pero así sufren menos mis fans.

—Menso.

Entonces me dio un zapecito y fui yo la que le dio un beso.

Y así seguimos, cada vez con más besos y menos zapes, hasta que nos dieron las ocho y casi me muero del susto.

—¿Qué le voy a decir a mi abuela?

—Pues nada, que le bajaste el novio a la nieta de su amiga y que se te hizo tarde porque el tiempo pasa muy rápido cuando uno se divierte.

—Obvio no le voy a decir eso.

Pero no hubo necesidad de decir nada: llegué a la casa y mis abuelos estaban en la sala, ella tejiendo estambre y él resolviendo un sudoku, y nada más me preguntaron si me había ido bien en la práctica (¡yo

ya ni me acordaba de que les había dicho que tenía una práctica!) y si iba a querer cenar. Como ya habían pasado muchas horas desde la pizza dije que sí, y de una vez avisé que iba a seguir con la práctica de foto al día siguiente porque había estado nublado y no habían salido bien iluminadas las fotos. Caray, creo que heredé el talento de mi papá para las mentiras. Sonreí y me di una palmadita en la espalda mentalmente.

Estaba tan de buenas que hasta me ofrecí a hacer la cena, pero mi abuela me bateó y me mandó a lavar las manos.

—Ya está casi listo —dijo.

Y pues aproveché para mandarle un whatsapp a Alex:

Alex

en línea

Isa   20:22

Mañana tengo todo el día libre. Dónde nos vemos???

Alex   20:22

Kien eres? T cnzco?

Alex   20:22

Ola k ase?

Isa   20:22

ja, ja, ja. 😒

Alex   20:23

Osh. Bromita 🙂

Alex   20:23

Escuela de foto a las 11?

Alex

en línea

Isa   20:23

Va! Es un trato!!!

Alex   20:23

Lleva tu cámara

Isa   20:23

Yei!!! Clase gratis!!!!

Alex   20:23

Ni creas que es gratis, te va a costar muchos besos

Y así seguimos, por el lado de los besos, y al otro día que nos vimos, pues más besos y pura felicidad. Pero el lunes, a la hora de ver a Manu y Poupée, yo me sentía el bicho más rastrero del planeta, y el martes peor, porque no sólo no les había contado nada el sábado en la noche ni el domingo, sino que además el lunes les había mentido diciendo que mi finde había sido aburridísimo y que me tenía que ir temprano porque mi abuela andaba enojada conmigo y me quería en la casa y no vagando. Así que el miércoles, que ya estaba toda arrepentida de no haberles contado, no había forma de decirles sin confesar que había mentira sobre mentira sobre mentira, y cuando acabaron las clases mejor salí corriendo con el pretexto de que mi abuela seguía enojada.

Así me la seguí, pero por más que trataba de hacerme la muy casual, ellos se daban perfecto color de que algo andaba raro, porque para no regarla y contarles algo que tuviera que ver con Alex, mejor no decía nada, y mientras menos decía, pues menos tenía de qué platicar con ellos.

—¿Qué traes, Izzy? Estás muy rara —me dijo Poupée el viernes a punto de entrar a la última clase.

—¿Yo? No, para nada.

—Claro que estás bien rara —la apoyó Manu—. ¿Estás triste o algo?

—¡Claro que no! O bueno, sí. Sacada de onda. Por lo de mi abuela, que sigue de malas.

Poupée y Manu se voltearon a ver y suspiraron.

—Bueno, ya, dinos: ¿estás enojada con nosotros por algo? —dijo ella.

—Tiene días que estás toda cortada, no nos pelas, te vas temprano… ¿Qué pasó? —preguntó Manu.

Me sentí como niña chiquita a la que pescan haciendo una travesura. Y me enojé, como cuando era chiquita y me cachaban con las manos en la masa.

—¡No sean empalagosos! No toda la gente es tan muégana como ustedes. ¿No les ha pasado que de repente necesitan un ratito a solas?

Me miraron como si me hubieran salido cuernos y alas de murciélago, y yo me sentí fatal. Me dieron ganas de que me la mentaran para sentirme un poco menos mal, pero en vez de eso Poupée le dijo a Manu:

—Te dije, no es tan fácil cuando te la has pasado sola…

—¿Le dijiste qué? ¿No es tan fácil qué? —le respondí, ya toda enfurecida.

En eso pasaron Adoración y sus amigas. En ese momento me di cuenta de que iban cada vez más disfrazadas y de que cualquiera diría que eran modelos de una revista japonesa de *pastel goths* o *gothic lolitas*: todas, no nada más Adoración, llevaban falditas con crinolina y borde de encaje, guantes y botas altas.

—¿Crees que haciendo escenitas Alex te va a hacer caso? —me siseó Adoración cuando pasaron a mi lado.

Me agarró en mal momento.

—A la que no le va a hacer caso es a ti. ¡Le das risa, Adoración! ¡No sabes cómo nos divertimos platicando de ti!

Obviamente la regué. Todos se me quedaron viendo horrible: Manu y Poupée, Adoración y sus amigas.

—¿De qué estás hablando? ¡Teníamos un trato!

—¡¿Andas con Chiqu... con Alex?! —preguntó Manu casi al mismo tiempo.

Si le contestaba a Adoración que había usado como trapeador su dichoso trato, Manu y Poupée se iban a ofender hasta el infinito y más allá porque no les había contado nada, y si les decía a ellos que era pura mentira para molestar a Adoración, ella no me iba a bajar de *loser*. También podía decirle a Choni que era mentira, nomás para ver qué cara ponía, pero entonces iba a ser muchísimo más difícil contarles la verdad a Manu y Poupée. Entonces me salvó la campana, literalmente. El Gori, nuestro maestro de mate, entró al salón y Adoración fue detrás de él para hacerle la barba. Nada más volteó para hacerme gesto de *vas a ver*. Sus amigas la siguieron.

—Lo dije nada más por molestarla —les dije a Poupée y Manu en cuanto aquellas estuvieron fuera de nuestro alcance, que me miraban muy raro.

—Ajá —respondió Poupée en tono de *no te creo nada*.

—Tú sabrás lo que haces, Izzy. Nosotros somos tus amigos, no la policía —dijo Manu.

Se metieron al salón y yo me sentía tan cucaracha que no supe qué hacer: ¿entraba y me sentaba con ellos como si no estuvieran enojadísimos conmigo? ¿Entraba y me sentaba en otro lado con el riesgo de que se enojaran más y de que Adoración y sus amigas se me quedaran viendo toda la clase? También podía faltar, pero había dos problemas: uno, que el maestro ya me había visto, y dos, que yo de todos modos no entendía casi nada de mate, así que si faltaba me arriesgaba a tronar miserablemente. Lo último que me hacía falta era un dramita familiar con mis abuelos acusándome con mis papás de no poder pasar mis materias y todo el *blablablá* que podía salir a partir de eso.

Así que di un paso en dirección al salón, y el Gori me cerró la puerta en la cara. Así, mala onda, como si no hubiera visto que yo estaba a punto de entrar. ¡Me dio un coraje...!

A lo mejor todavía podía meterme después de eso, pero capaz que el Gori me agarraba de su puerquito o de plano me sacaba del salón. Tomé eso como una señal del destino y me fui a la biblioteca, no porque tuviera mucho que leer o porque me fuera a poner de ñoña a hacer la tarea, sino porque no quería que nadie se me acercara a preguntarme ni la hora. Obviamente habría preferido irme corriendo a ver a Alex, pero habíamos quedado de vernos en la pizzería a la hora de la comida y todavía faltaba un ratote. No me quedaba más remedio que hacer tiempo mientras daba la hora.

Total, me fui a la biblioteca preguntándome cómo diablos había echado todo a perder en tan poquito tiempo. Me sentí bien enojada porque, para colmo, no dejaba de pensar que de entrada yo no les había pedido a Poupée y Manu que se hicieran mis amigos: mi plan original era quedarme sola todo el año escolar, darketeando por los rincones, pero, ah, no: el par de metiches me había domesticado, y ahora andaba yo como perro abandonado. Maldita sea.

"Cálmate, loca —me dije a mí misma—: si no fuera por ellos estarías de veras nomás chillando por RoT, esperando que Suza te diera cita en el Skype". Saqué el primer libro que se me atravesó y me senté lo más lejos que pude de la señorita Flores, que nada más me miró raro un momento y se regresó a lo que ella misma estaba leyendo. Clarito me la imaginé pensando: "¿Se habrá peleado con sus amigos? ¿Los habrá hecho enojar esta huerquilla malagradecida?"

"Que te calmes, loca", me dije, pero no me dio tiempo de obedecerme porque en eso sonó mi celular, horror. Era nomás un mensaje, pero mi tono para los mensajes es un acorde quizá demasiado largo de "Temple of love", de Sisters of Mercy, así que conseguí que la señorita Flores me sacara de la biblio en tiempo récord. Ya afuera vi que el mensaje era de Alex, y casi me dan ganas de matarlo:

Alex	25/7/2014 a las 5:17 p

Mi red está del asco, por eso no uso el whats.

Y tengo una mala noticia 😞

No voy a poder verte hoy

Me salió una chamba. Sorry

Así que la situación era todavía peor: si me iba a casa, tendría que explicarle a mi abuela por qué, después de tantos días de tener taaaanta tarea en equipos, de repente un día no tenía nada qué hacer, pero con la posibilidad de volver a tener muchísima a la brevedad (en caso de que la chamba de Alex lo permitiera). Si no me iba a casa, ¿qué hacía? No tenía la opción de irme con Poupée y Manu porque estaban en clase... ah, sí, y enojadísimos conmigo (y no tenía otros amigos). Además, la batería estaba a punto de terminárseme (y como siempre, había olvidado el cargador en casa), así que ni para irme a un parque a babosear en Facebook. Como que irme a un café inter-net nomás para estar navegando a lo güey tampoco se me antojaba.

Traía mi cámara y tenía muchas ganas de ir a tomar fotos al panteón francés, que era el plan que Alex me

acababa de cancelar, pero la verdad sí me daba miedito andar sola por ahí: ¿qué tal que me asaltaban y me quitaban la cámara? No, gracias.

Y entonces me acordé de RoT, que quería verme, según. ¿Qué perdía con mandarle un mensaje que dijera "Puedo ahorita"? Lo más probable era que ni me contestara.

Tomo fotos con amor, así que trato de
que sean obras de arte. Pero las hago
para mí antes que para nadie más. Eso
es importante.

Jacques-Henri Lartigue

23

ME TARDÉ COMO MEDIA HORA en pensar el mensaje para RoT porque quería que sonara casual, onda *No estoy enojada pero tampoco me tienes tan contenta*, para que no se le quitaran las ganas de verme pero tampoco se confiara de que me iba a tener a sus pies. Tenía que explicar por qué había tardado tanto en escribirle, pero sin que sonara a que me estaba dando mi taco. En eso estaba cuando pasó un chavo medio darketo de sexto al que alguna vez vi platicando con Alex. Me vio y se detuvo junto a mí.

—Hola, amiga. ¿Ya sabes de la fiesta de mañana? Va a estar chida.

Negué con la cabeza, muy sorprendida de que me hablara y me dijera *amiga*. Entonces me dio una propaganda de la fiesta: un volante tamaño media carta, negro, que tenía un fotograma de la película *Nosferatu* y en letras blancas la información: dos bandas que iban a tocar, un *dj*, música *old school*, galería de fotos…

—No faltes, va a estar buena —me dijo, ya aleján-
dose.

—Oye, ¿qué onda con la galería de fotos? —le
pregunté.

—Ah, pues es algo chido, güey. Pero es onda de
que tienes que llevar antes las fotos al café, güey,
porque mañana en la mañana o a medio día van a
seleccionar las mejores y entonces es onda de que las
van a poner mañana onda exposición, güey. Y ps el
chiste, güey, es que van a dar un premio a las tres mejores o algo así. Es onda de que yo no estoy en esa parte
de la organización, güey, pero entendí que sí, que todavía hoy a las ocho de la noche iban a estar recibiendo
ahí las fotos. ¿Por qué no le hablas a Mac? ¿Sí la conoces? Es una chava del 603, darki, obvio. Ella es la que
está viendo esa parte, güey. Es el número que viene
ahí en "informes", güey. De todos modos por ahí hay
pósters con las bases, güey, es onda de que te des una
vuelta por los pasillos de sexto o de actividades artís-
ticas, ahí está todo más explicado, güey. Y si tienes
fotos chidas pues llévalas, güey, neto que va a estar
bien chido.

Le di las gracias y lo dejé ir. Me daban ganas de
preguntarle más cosas, como quiénes estaban organizando la fiesta además de Mac y él (a Macarena sí la
ubicaba: Alex me había dicho que era buena onda, pero
yo nunca le había dicho ni *hola*) y dónde iba a ser: o sea,
en la propa venía la dirección pero no decía si era un

antro, un café, una bodega o qué. Lo bueno era que la cosa era a partir de las cuatro de la tarde, o sea que probablemente la estaban organizando como tardeada y no pedirían IFE. Otra cosa buena era que el lugar estaba muy cerca de la escuela.

Le mandé mensaje a Alex:

Isa	5/8/2014 a las 2:07 p

Oye, hay una fiesta darki mañana. Se ve que vastar cool!!!
Vamos! ¿O tienes que trabajar todo el día?
Ándale, aunque sea un ratito… 😣

Me contestó como diez minutos después:

Alex	5/8/2014 a las 2:19 p

Es la tardeada que están armando Mac y sus amigos, no?
Equis, no se ponen bien, no te pierdes de nada…
Y yo voy a salir de trabajar como a las 10 🙁

Raquel Castro

Bu, así que con Alex de plano no contaba. Pensé en preguntarle cómo sabía que no iba a estar buena, si antes me había dicho que Mac organizaba cosas chidas, pero a la velocidad de los mensajes nos íbamos a tardar dos horas, y antes me iba a quedar sin cel.

Se me ocurrió una idea: ¿y si iba sin él? Hasta podía meter dos o tres fotos al dichoso concurso; total, no era nada formal: si no ganaba un premio tampoco pasaba nada. ¡Es más!: eso me daba un pretexto perfecto para el mensaje a RoT: que me ayudara a escoger e imprimir las fotos y, ya entrados, que al día siguiente me acompañara a la tal fiesta para no ir como dedo.

Pensé y pensé qué haría él en mi lugar, me traté de acordar de todas las veces que yo me había enojado y de cómo me respondía, y de pronto se me prendió el foco: me escribiría como si nada, como si no hubieran pasado días y días de no decirnos ni *hola,* y si yo le reclamara algo se haría bien güey. Así que lo mismo hice:

RoT

en línea

IZZY   14:31

Hola, ¿andas muy ocupado?

RoT   14:31

¡Hey! ¡Hola! ¡Qué milagro!

IZZY   14:31

Ps aquí, descansando tantito de las tareas y tal.

RoT   14:32

¿Está muy pesada la escuela? ¿Por eso me estabas haciendo la ley del hielo?

IZZY   14:32

Muy. Pero ya le estoy agarrando la onda. Tú qué tal?

RoT   14:33

Equis. Lo de siempre, ya sabes. Oye? Pero entonces ya me levantaste la ley del hielo?

RoT

en línea

IZZY   14:33

Ay, antes de que se me olvide. Hay una fiesta mañana y tiene un concurso de foto. Ayúdame a escoger dos o tres de las mías, ¿no? Quiero entrarle.

RoT   14:34

Ah, pues ponme las ligas a tus favoritas y las voy viendo.

IZZY   14:34

Híjole, es que se me está acabando la batería. Y la neta sería menos rollo si me ayudaras in the flesh.

RoT   14:34

¿O sea, vernos?

IZZY   14:34

Pues sí, obvio. Pero si no puedes, no pasa nada. ntp

RoT

en línea

RoT   14:37

Hmmm… Es que hoy y mañana está cañón…

IZZY   14:37

Ni pex. Ahí palotra.

La verdad es que yo estaba bien emberrinchada, pero estaba funcionando bien lo de hacerme la indiferente, así que me aguanté las ganas de decirle que siempre era lo mismo con él. Decidí que de todos modos iba a escoger mis fotos y a presentarlas al concursillo ése, total, y que lo iba a hacer yo sola, ni que fuera tan difícil. Salí de la escuela para buscar un cibercafé y en eso me llegó nuevo mensaje de RoT. Nos echamos otra whatsappeada:

RoT

en línea

RoT   15:21

¿Ya te enojaste otra vez?

IZZY   15:22

Seee 😊
No, menso. Estoy buscando un café internerd
para ver lo de las fotos.

RoT   15:22

Ah 😄 Oye, pero si las imprimes desde tu flickr
van a quedar bien pinches.

IZZY   15:23

Ya seeeeeeee. Las traigo en mi USB.

RoT   15:23

Pues no seas rejega y déjame ayudarte a
escogerlas

RoT
en línea

IZZY 15:23

Bueno, pero con una condición. Y es neto y bien importante.

RoT 15:24

Qué

IZZY 15:24

Que en serio me acompañes mañana a la fiesta. No quiero ir sola 😭

RoT 15:24

Y tus darkiamigos de la school?

IZZY 15:25

Long story. Pero si me acompañas, mañana te cuento todo el rollo.

Total, no tenía nada que perder. Yo ya había decidido ir a la fiesta; si el baboso de RoT se ponía las pilas y me acompañaba, pues buenísimo, para no tener que ir sola. Y si no, pues equis. Me metí a un café internet y me puse con RoT en el chat de Facebook, como en los viejos tiempos, y entre los dos escogimos diez de mis fotos. RoT me decía a cada rato que qué buenas fotos y que cuánto había mejorado mi técnica. Yo varias veces le empecé a escribir que todo era gracias a mi mánager que, además de buen fotógrafo y dark, era guapísimo, daba unos besos de miedo y no se hacía del rogar para verme. Por dos razones mejor no lo hice: primero, iba a sonar ardidísima, y segundo, si RoT me preguntaba por qué no me estaba ayudando a elegir las fotos mi súper novio adorado, iba a tener que admitir que justo este fin de semana sí se había hecho del rogar y que prefería trabajar todo el fin de semana que pasarlo conmigo.

—Oye, no vayas a imprimir las fotos en el café internet —me escribió de pronto RoT.

Por supuesto, eso era justo lo que yo estaba a punto de hacer, pero le respondí:

—Obvi no, ¿cómo crees? Voy a buscar un lugar de ésos de impresión de fotos.

Mientras tecleaba esta última frase me daban ganas de darme de topes: ¡obviamente eso era lo más adecuado, y tendría que habérseme ocurrido sin ayuda de nadie!

—Un tip: averigua cuántas fotos puede presentar cada participante, no vaya a ser que imprimas diez y nomás te reciban dos.

Otra vez tenía razón, claro. De todos modos yo le contesté:

—Ya seeeeeeeee!

Saqué de mi bolsillo la propa y marqué al número de informes, toda nerviosa; eso de hablar por teléfono como que no se me da: prefiero mil veces los mensajitos. Mientras sonaba el cel de que estaba llamando, pensé: "Tres timbrazos y cuelgo", pero Mac contestó luego luego. Tenía una voz muy bonita, como de locutora de radio, y un ligero acento español. De hecho, en vez de "Bueno" dijo "Diga".

—Hola, Mac. No me conoces pero yo te he visto en la escuela. Me llamo Isabel pero bueno, eso no importa, lo que pasa es que quiero preguntarte cómo está el bisne para lo de la galería de fotos de la fiesta de mañana, o sea, si deben ir enmarcadas o en papel fotográfico o si te puedo llevar muchas o poquitas o si hay un tema o una restricción o…

—Vale, tía, para ya —me interrumpió con una risa que me cayó bien—. A mí también me pone de nervios hablar por teléfono, pero calma.

"¿Cómo supo que me pone nerviosa hablar por teléfono?", me pregunté antes de caer en la cuenta de que ooootra vez había dado el isabelazo de hablar sin parar.

—Perdón —dije, quedito.

—No pasa nada, tía. A ver, como dijo Jack el destripador, vamos por partes. El tema es libre siempre que sea de atmósfera oscura, ¿vale? Ah, pero nada de gore o violencia animal: ni gatitos maltratados ni esas guarradas *psycho*.

—¿Hay quien hace eso? —pregunté horrorizada.

—Ay, tía, si te contara… En todo caso, nada de eso. Puedes mandar tantas como quieras, pero yo te sugiero que sean dos o tres, tus mejores disparos. Papel fotográfico mate, que no brillen. No hace falta enmarcar: les vamos a poner unas marialuisas sencillitas pero muy monas, verás.

—¿Hasta qué hora las puedo llevar?

—Yo estaré aquí hasta las nueve o diez de la noche, pero dime a qué hora puedes si es más tarde y te espero.

—Ah, no, seguro antes de las siete estoy por allá.

—Muy bien, tía, aquí te veo.

Siguiendo el consejo de Mac elegí dos fotos: una de unos góticos sentados en una banqueta en el tianguis del Chopo y otra de la Catedral de noche. Eran un poco cliché pero me habían quedado bien de composición y luz, y eran las que más me había chuleado RoT. Las metí en un sobre carta y le puse mi nombre por fuera.

Llegué con Mac antes de las siete, y me sorprendí mucho al ver que el lugar era una especie de casa de la cultura: en la puerta un pizarrón anunciaba clases de yoga, repujado y no sé qué otras cosas. Me llamó la atención un cartelito muy mono que anunciaba un "curso nuevo de foto dark". ¿Quién daría algo así de específico? Me imaginé unas fotos estilo Peter Witkin, que es uno de mis fotógrafos favoritos, súper oscuro y macabro. Por supuesto, se me antojó tomar el curso y crucé los dedos pensando "Ojalá que no sea los sábados en la mañana".

Decidí que luego llamaría para pedir informes y entré, según muy decidida, para buscar a Mac. Estaba en una mesita cerca de la puerta y me saludó como si me conociera de siempre, súper amable. Luego me dio un recorrido por las instalaciones como hacía mi mamá cuando les presumía la casa a sus nuevas amigas de Puebloquieto.

—¿Qué te parece, cómo va quedando? —me preguntó mientras me mostraba el espacio.

—¡Muy bien! —dije con entusiasmo. Y era cierto. La casa tenía un patio con jardín, habían puesto mesas altas y sillas periqueras y había un espacio de muy buen tamaño en el centro como para bailar. Un par de chavos que también había visto alguna vez en la escuela estaban probando las luces y cada tanto le preguntaban a Mac si iban bien. Ella les respondía mientras me seguía enseñando el lugar.

—Allá están los salones donde dan sus cursos, pero ahí no vamos a dejar entrar a la gente, no vayan a desmadrar algo.

Me pareció sensato: en Monterrey, Suza y Carlos me llevaron a una fiesta en un kínder. La escuelita era de la mamá de un amigo de Carlos y se les hizo chistoso armar algo ahí. Al principio todo iba muy bien, pero luego unos chavos se pusieron muy locos y rompieron sillas, echaron vodka en unos biberones que se encontraron y la fiesta terminó cuando trataron de prenderles fuego a unas llantas pintadas de color pastel que había en el patio. Suza, Carlos y yo nos escapamos por un pelito: cuando íbamos a dos cuadras de ahí vimos llegar a las patrullas.

—Oye, Mac, ¿y cómo conseguiste este espacio? Está lindo.

—Pues básicamente nos cayó del cielo. Estábamos buscando dónde hacer cosas y una tía de quinto que ni conocíamos llegó y nos dijo que tenía un lugar muy majo y quería aprovechar, y ya sabes... Hasta me presentó a su padre, que es el dueño, y el señor dijo que por él perfecto si era lo que a su hija le interesaba —y entonces bajó la voz—. Hay varios de ésos en la escuela, ¿sabes? Yo ya ni me sorprendo, más bien pienso que hay que aprovechar.

Me la estaba pasando muy bien con ella pero de pronto ya no tenía nada que decir y me empecé a sentir nerviosa, incómoda.

—¿No necesitas ayuda para enmarcar las fotos? —le pregunté.

—No tía, no hace falta, mañana se va a encargar de eso la chica del local. Ella consiguió las marialuisas que te decía. Pero si quieres venir a eso del mediodía a echar la mano, seguro algo habrá. Siempre necesitamos manos.

Le dije que sí, pero cuando salí del centro cultural pensé que mejor no: una cosa es platicar con una chava que te cae bien y otra es llegar a un sitio lleno de gente que no conoces a estar como dedo mientras a alguien se le ocurre qué te pone a hacer. Además, ¿qué tal que RoT se decidía de una vez por todas y me acompañaba? Mejor ir bien arregladita y no andar toda sudada y despeinada, ¿no?

Una centésima de segundo aquí, una centésima de segundo allá… Aun si las pones todas una después de otra, sólo llegan a sumar uno, dos, acaso tres segundos, arrebatados a la eternidad.

Robert Doisneau

24

DESPERTÉ EL SÁBADO temprano porque estaba sonando mi cel: era Alex.

—¡Hola, guapa! ¿Te acuerdas de mí?

—Me suena tu voz. ¿Me das pistas?

—Qué grosera.

—Pues tú, que me abandonas…

Era muy raro eso de hablar por fon en vez de mandar mensajitos, la verdad; porque cuando mandas mensajitos puedes hacer otras cosas al mismo tiempo, pero en el teléfono como que te tienes que concentrar sólo en eso… Por otro lado, era lindo escuchar su voz, eso que ni qué. Y emocionante: no sabría explicar por qué, pero que un chavo te llame en vez de mandarte mensajitos le da un toque especial… ¿Seré una cursi?

—No te abandono. Te extraño. Pero mañana nos vemos, ¿no?

—¿No me puedes llevar a trabajar contigo? Puedo cargar tu mochila, comprarte chicles, ponerle dinero al parquímetro…

—¿Tan aburrida estás?

—¡Oye! Primero me raptas y me acostumbras a estar diario contigo y luego me botas, ¿cómo quieres que esté?

—¿No vas a hacer nada hoy? —me preguntó con un tono de voz que no le conocía.

Me sonó raro. ¿Sospecharía de mi plan de ir sin él a la fiesta? Pensé en decirle, así, casual, "Ah, pues voy a ir a la fiesta que te contaba ayer", pero entonces me iba a preguntar con quién, y me dio cosita: ¿qué tal que le decía que iba a ir sola y ahora sí se aparecía milagrosamente RoT y alguien le contaba? Ok, nadie sabía que andábamos, pero en una de ésas, en una plática salía a tema. O alguien tomaba fotos y las subía a Facebook... No era muy muy probable pero no fuera a ser la de malas...

—¿Izz? ¿Bueno?

—Acá estoy, ¡no seas desesperado! —dije, tratando de sonar tranqui.

Ésa es otra razón para preferir los mensajitos: te puedes tardar en contestar sin que la otra persona crea que se cortó la llamada o que estás pensando en alguna buena mentira. A menos, claro, que, como me hacía RoT, te tardes dos horas en decir "hola".

—Te preguntaba si vas a hacer algo hoy.

—Voy a la clase de foto al ratito y me vengo a la casa. Mi abuelita quiere enseñarme a hacer un pastel que le sale buenísimo para que yo lo haga cuando

vengan mis papás. Y pues como tú vas a estar ocupado, ni al caso decirle que no.

Quién sabe de dónde me saqué eso, pero ni modo: ya lo había dicho. Él como que se tranquilizó, me mandó un montón de besos y quedamos que al otro día iríamos a Xochimilco a tomar fotos en las trajineras, así que todo bien. Y pensé, al menos por un momento, en de veras regresarme a la casa después de la clase y sonsacar a mi abuela para que me enseñara a cocinar alguna cosa, nada más para no meterme en el rollo de decir mentiras, ir sola a un lugar atestado de gente y ver a la demás banda mirando mis fotos (¡nervios!), pero en eso me llegó un whatsapp que hizo que casi me desmayara.

> **RoT**   enviado a las 8:10
>
> Me costó trabajo arreglar mis pendientes, pero sí puedo ir a la fiesta contigo. ¿A qué hora nos vemos? ¿Dónde?

Eso cambiaba mis planes por completo.

Me pasé toda la clase nerviosísima. ¿Me dejaría plantada? ¿Iría? ¿Estaría guapo? ¿Más que Alex? Uff, qué tensión. Regresé a casa y me tardé un montón en arreglarme porque, obvio, no quería verme como que me importaba demasiado pero tampoco como si fuera

yo una fodongaza. A mis abuelos les dije que iría a una práctica de campo de foto y que todos seríamos modelos de nuestros compañeros, que por eso me estaba arreglando así. La peor parte de mi mentirota era que iba a tener que llevarme la cámara a la fiesta y a estarla cargando todo el tiempo, pero tampoco era tan grave: capaz que hasta había material para de veras tomar algunas fotos chidas y usarlas como prueba de que sí había sido una práctica.

Mi abuela torció la boca no muy convencida, pero mi abuelo propuso pasar él por mí a las nueve. Le dije que no sabía exactamente dónde sería la cosa y que seguro alguno de mis compañeros me daría un aventón, y después de mucho negociar quedamos en que llegaría a casa a más tardar a las nueve y media. Mi abuela nomás suspiró con su cara de *no me hace nada de gracia*, pero supongo que no estaba taaan molesta porque me hizo de comer sopa de poro y papa, y chuletas ahumadas con ensalada de lechuga, dos platos que generalmente me fascinan pero que, por los nervios, ahora me supieron a unicel. Qué desperdicio.

Me fui a la cita con RoT, no sin antes echarme un último vistazo en el espejo y asegurarme de que me veía genial. "No voy a ponerle el cuerno a Alex —pensé mientras me miraba—. Nada más quiero que RoT sufra y piense que por indeciso se perdió de algo *muy* bueno" (pero, acá entre nos, sí sentía rara la panza:

¿y si era tan guapo como siempre me lo había imaginado?).

RoT, que iba en coche, me propuso pasar por mí a casa de mis abuelos, pero por supuesto que eso estaba fuera de toda posibilidad, así que quedamos de vernos en una cafetería que estaba a medio camino entre el metro y el lugar de la fiesta.

Yo, por ansiosita, llegué como media hora antes de la cita, así que me puse a jugar CandyCrush para matar el tiempo, pero como estaba tan nerviosa perdí mis vidas luego luego y no pasé ni un nivel. Entonces me puse a babosear en el Plantas contra Zombis, que ya acabé tres veces pero que está divertido, y en eso estaba cuando sentí que alguien me miraba. Volteé hacia la puerta y me di cuenta de cómo se me subía toda la sangre a los cachetes: ahí estaba un tipo un poco más alto que Alex, no tan flaco, pero todavía del lado de la delgadez, con el cabello largo como a media espalda, muy pálido, con la nariz un poco ganchuda —pero no como para afearle la cara— y las cejas pobladas. Traía jeans, botas industriales, una playera de Resident Evil y chamarra de cuero. Se veía interesante aunque tenía cara de preocupación.

—¿RoT? —pregunté.

—Toño —me dijo. Quién sabe qué cara puse que sonrió.

—Toño Ortega Ramírez, *te-o-erre*, RoT al revés —me explicó.

No supe si abrazarlo, darle la mano o qué. Era guapo, sí, apenas tantito más grande que yo (tendría 18 o 19) y estaba tan nervioso como yo o más.

Él tampoco sabía qué hacer. Miró su reloj y se mordió el labio.

—¿Te vas a tener que ir? —pregunté, sacada de onda.

—No, mira… siéntate. Es que tenemos poquito tiempo.

Nos sentamos. Él pidió una cerveza. Yo estaba tomando una soda italiana de mora azul. Lo miré con atención. Sabía que si abría la boca iba a empezar con los reproches, así que hice mi mejor esfuerzo por morderme la lengua. Él volvió a ver su reloj, le dio un trago largo a su cerveza y se rascó la cabeza. Yo estaba lista para que me dijera "Eres muy linda pero…" o "No eres tú, soy yo" o algo por el estilo. "Si es gay se lo presento a Manu —pensé resignada— y si prefiere a las fresas se lo echo a Adoración, para que aprenda". Pero entonces por fin habló.

—Perdón, he sido un mierda. Yo… lo que pasa es que… Eres… Sí sabes, ¿no? Eres muy especial… Todo lo que hemos platicado, la música, las fotos… Eres muy importante para mí. Es sólo que… Nunca imaginé que fueras a venir al Distrito y…

En eso entró al café una chava delgadísima, pelirroja, súper darki, guapa, escotada y minifaldeada. Y multitask, porque hizo tres cosas al mismo tiempo: se

abalanzó sobre RoT (digo, Toño), lo besó en la boca y me miró de arriba a abajo.

—¡Con que tú eres Isabel! ¡Toño me ha hablado mil de ti! —dijo.

—Te presento a Yanina, mi novia —dijo, con voz como de ultratumba, RoT, o Toño, o HijodelaChingada, o como se llamara el cabrón.

—Me dijo Toño de tu fiesta y cancelé todos mis compromisos para poder acompañarlos —dijo ella con una sonrisota.

—Pensé que nos alcanzarías en una hora o algo así —dijo Toño, mirándome como si más que preguntarle a ella me estuviera explicando a mí.

—Pues sí, pero ¿cómo me iba a perder un minuto de estar con tu mejor amiga? —y entonces también ella me miró a mí—. No sabes, Isabel, cómo le insistía yo a Toño en que teníamos que invitarte a alguna de nuestras fiestas. Total, si tus abuelos son tan estrictos y no te dejan salir, yo podía ir a hablar con ellos, le dije. Yo sé que a los provincianos les da por tenerle miedo a la gente de acá pero yo soy muy convincente. ¿Nos vamos a la fiesta?

Chale. Traté de pensar en alguna excusa para regresarme a mi casa o para meterme en la primera coladera que hubiera en el camino, pero mi mente estaba en blanco y ni siquiera opuse resistencia cuando Toño/RoT pagó mi soda italiana, a pesar de que más bien me daban ganas de romperle su botella de cerveza

en la cabezota. Lo peor es que cada vez que creía que Yanina no lo estaba mirando me echaba ojitos de *no sabes cómo lo lamento*, mientras yo iba atando cabos y llegaba a la conclusión de que había sido una gran estúpida: obviamente, él me había agarrado nada más de ciberligue, y si a mi papá no se le hubiera ocurrido lo de mandarme con mis abuelos, habríamos seguido en plan de amorcito platónico mientras se aburría o se encontraba otra más mensa que yo, o hasta que Yanina lo cachara y le hiciera un tango de aquéllos (se nota que la chava es de armas tomar). Cuando caí en la cuenta me dieron muchas ganas de llorar, pero ni modo de hacer mi escenita enfrente de ellos: para colmo, yo iba en el asiento de atrás de su coche y Yanina iba de copiloto recargadísima en él, besándolo en cada alto como si tuviera ventosas y haciéndose la muy amistosa conmigo, aunque se le notaba que no estaba nada feliz con la situación.

Cuando llegamos a donde la fiesta, RoToño me dijo que, si quería, dejara mi cámara en su cajuela, pero pensé que mejor no: tenía que huir de ellos a la primera oportunidad. Eso no se lo dije, nomás le solté un *no, gracias*, todo frío, y él me echó otra vez la miradita de *yo sufro más que tú*. Baboso.

Lo bueno fue que a la entrada del centro cultural habían puesto un guardarropa y nada más cobraban diez pesos. Eso estaba bien: así no iba a tener que estar cargando la cámara como lela y tampoco a

depender de RoToño y su Dañina. Estaba dejando mi mochila cuando sonó el celular de Yanina; puso los ojos en blanco y suspiró al ver en la pantalla quién era, pero nos hizo señas de que entráramos y se quedó afuera a contestar. En cuanto estuvimos fuera de su vista, Toño me detuvo del hombro.

—Perdóname, Izzy. Te puedo explicar.

—¡No me digas Izzy! Y obviamente ya sabes que no quiero volver a saber nada de ti, ¿verdad?

—Dame chance de explicarte. He cortado veinte veces a Yanina y ella nomás no entiende y yo esperaba poder acabar con eso definitivamente antes de verte en persona, para poder hacer bien las cosas.

Miró hacia la puerta para estar seguro de que su chava todavía no estaba a la vista; se me acercó todavía más y muy quedito me dijo al oído:

—Me gustas mucho.

Y yo sentí que se me doblaban las rodillas.

Pero no por lo que me estaba diciendo RoToño, sino porque a lo lejos, en una de las mesas altas, vi muy sentada a Adoración, con su look a la Siouxsie más perfecto que nunca, y junto a ella estaba sentado Alex.

En eso entró Yanina, toda sonriente.

—Perdón, era mi mamá, qué lata. Pero sirve que pudieron platicar un rato de sus cosas, ¿no?

Yo traté de ponerle atención y esconderme detrás de Toño-ñoño al mismo tiempo, para que Alex no me viera, pero sí sentí como un pellizco cuando dijo lo de *sus cosas*.

—¿Qué cosas? —pregunté, toda mensa.

—Pues todo eso de que si la exposición y el encuadre y la madre del muerto, qué hueva. ¿Un traguito de vodka? —y sin cambiar siquiera el tono de voz sacó de su bolsa (con forma de ataúd, un poco exagerada pero muy bonita, la verdad) una anforita de aluminio repujado, toda garigoleada y llena de murcielaguitos y calaveritas.

Y, claro, en ese momento Adoración me vio y me señaló con el índice al mismo tiempo que tomaba a Alex de la barbilla para hacerlo mirar en mi dirección. Él puso cara de sorpresa. Le arrebaté la anforita a Yanina y le di un trago largo y luego otro y otro.

—No seas avorazada, que es para los tres —dijo Yanina, quitándome de nuevo la botella, mientras todo me daba vueltas.

Me pareció que Alex se levantaba y comenzaba a caminar en mi dirección, pero nunca llegó a mi lado. Mac se subió a una tarima en el centro del lugar y desde un micrófono invitó a ver las fotografías, expuestas en mamparas que rodeaban todo el jardín.

—Hay de todo, como podrán ver, pero no quisimos discriminar a nadie: que esto sea un espacio incluyente, tanto para quienes se toman en serio la fotografía como para quienes apenas empiezan a explorarla —dijo, y me pareció que me miraba fijamente.

Pero también me parecía que el piso se movía de un lado a otro, así que me agarré del brazo de RoToño, para gran disgusto de Yanina.

—No me habías dicho que tu amiga era fan del vodka —le dijo mientras le tomaba un trago bastante generoso a la anforita.

Toño le sonrió pero no dijo nada: ni modo de decirle "Ah, es que está sacada de onda porque se acaba de dar cuenta de que jugué con sus sentimientos". Tampoco le podía decir "Y además acaba de ver a su güey con la tipa que más odia, cuando se supone que él debería estar trabajando" (porque eso él no lo sabía, ¿verdad?).

Le quité de nuevo la anforita a Yanina y le di un buen trago mientras avanzábamos entre la gente. De veras sentía que lo necesitaba.

Nunca hice que una persona se viera
mal. Eso lo hacen ellas mismas. El
retrato es tu espejo. Eres tú.

August Sander

25

LO CIERTO ES QUE LA FIESTA era un éxito: había muchísima banda y casi todo mundo estaba con sus mejores galas: mucho terciopelo, mucha gasa, mucho charolito y muchas, muchas botas Doctor Martens. Me dio coraje porque era el ambiente ideal para pasársela mega, pero por culpa de RoToño, Yanina, Alex y Adoración yo estaba en el malviaje total. Ah, y borracha, además. Porque luego del vodka de Yanina, RoToño sacó su propia anforita y los tres le tomamos con ganas, a lo mejor para tener algo en qué ocupar la boca y no tener que platicar.

Medio borroso, pero vi que entre la gente que bailaba estaban Poupée, Manu y un chavo de lentes, flaquillo pero de no malos bigotes. De repente él y Manu se guiñaban el ojo, así que supuse que era su romance secreto. Sentí muy feo de no ser parte de eso pero, por si seguían ofendidos, mejor me moví para quedar escondida detrás de una bolita de metaleros que se estaban quejando en voz alta de la música. Se quejaban por

sangrones, porque la verdad es que la mezcla estaba muy bien. En eso empezó a sonar "She Cries Alone", de Skeletal Family, que me gusta un buen. RoToño volteó a verme con cara de perrito sin dueño, porque yo le había pasado ese disco. Casi se me ablandó el corazón, pero no, porque Yanina lo abrazó y dijo:

—¡Mi amor! ¡La rola que me regalaste en mi cumple!

Entonces lo jaló a la pista y lo puso a bailar con ella. ¡Con una de mis canciones! ¡De las que yo le pasé a él! ¡Qué tipo más nefasto!

Todavía más emberrinchada me quedé en un rincón, dándome de topes por haber dejado la cámara en el guardarropa: si me la hubiera quedado, al menos tendría eso para entretenerme y aprovechar para tomar algunas fotos de los que sí se estaban divirtiendo.

Tres o cuatro rolas después regresaron conmigo Yanina y el imbécil de su novio. Vi la hora: apenas eran las seis. Me acordé de cómo le había hecho tango a mi abuelo para que me dejara quedarme hasta tarde y me dieron ganas de darle una patada a RoToño. Él me sonrió como tratando de congraciarse.

—¿Por qué no vamos a ver las fotos? Las que escogió Izzy son muy buenas —propuso, seguro con la intención de quedar bien conmigo.

—Isabel —lo volví a corregir.

Llegamos a las mamparas. Muy poca gente les hacía caso a las fotos, pero había una que tenía a una bolita de gente alrededor.

—Vamos a ver ésa —ordenó Yanina, y se abrió paso a codazos entre la gente. Toño y yo la seguimos sin dirigirnos la palabra.

Era horrible. Tardamos un rato en entender que era un ombligo de mujer, y eso porque se veía el resorte de los calzones. Se veían varios pliegues de piel: era como si la persona de la cámara se hubiera hecho bolita sobre sí misma para tomarla. Y la cédula decía: "Yo mirando el mundo". Una tontería, pues. El problema estaba en los datos del autor: ¡era mi nombre!

—¿Esto es lo que mandaste, Iz... Isabel? —me preguntó Toño.

Negué con la cabeza, sorprendida.

—¡Miren! ¡Ahí está la autora de esta porquería! —gritó Adoración, que estaba a un lado, con Alex, y soltó una carcajada, falsa como *mail* de que te ganaste la lotería europea.

—¡Yo no tomé esa foto! —dije, pero todos me miraban y se reían. Todos menos Toño y Alex.

De hecho, Alex tenía cara de pocos amigos. Yo me quería morir. Se acercó a mí y me agarró del codo.

—¿Qué haces aquí? —me preguntó quedito.

—¿Qué haces *tú* aquí? —le respondí —¿No que tenías que trabajar y no sé qué?

—¡Ése no es el punto! —dijo, molesto—. ¿Estás borracha?

—¿Qué te importa?

En ese momento sentí que todo mundo me estaba mirando, que todos se reían de mí. Entonces vi que Poupée y Manu al fin se habían dado cuenta de mi presencia, pero me miraban con lástima. Eso era lo último que necesitaba, así que me salí corriendo a la calle. Detrás de mí salió Toño, seguido por Dañina, que traía una cara de encabronamiento total.

—¿Qué pasó? ¿Te estaba molestando ese güey? —me preguntó Toño.

—No seas tarado, es su novio y los dos vinieron a la fiesta a escondidas —se rio Yanina.

Toño la miró tan feo que a ella se le cortó la risa. Yo no lo pude disfrutar, estaba muy ocupada tratando de no llorar.

Todo me daba vueltas bien intenso y sentí muchísimas ganas de vomitar: hasta ese momento me di cuenta de que sí me había pasado de lanza con el vodka. No sabía qué hacer. Ni modo de irme así a casa de mis abuelos: ¿qué iban a decir? Tampoco era onda regresarme a la fiesta. Así que, bien madura yo, me eché a correr y, ya que estuve lejos y me di cuenta de que nadie me había seguido, me puse a vagar por la calle, con la ilusión de que así se me bajaría el mareo.

Junto a mí pasaron unas chavas caminando muy rápido.

—¡Ándale, zonza, ya pasan de las ocho! —le dijo una de ellas a la otra.

¿Tanto tiempo había pasado? Me seguía sintiendo muy mal y nadie había salido a buscarme, o, si lo habían hecho, no me habían encontrado, pero en el fondo yo estaba segura de que a nadie le había importado: que Adoración y Alex estarían muertos de risa hablando de lo idiota que soy, mientras Yanina y RoToño fajoteaban en la pista y Poupée y Manu confirmaban que se habían equivocado al tratar de ser mis amigos y que seguro estaban mejor con el flaquito de lentes que conmigo.

Suspiré y tuve que reconocer que no tenía más remedio que ir a casa de mis abuelos y enfrentar el regaño. La perspectiva era bastante fea, pero no parecía que hubiera de otra, así que pensé en comprar unos chicles y caminar a la casa: en el camino probablemente se me acabaría de pasar el mareo y, con un poco de suerte, olería menos a vodka barato.

Entonces metí las manos en las bolsas del pantalón y descubrí que sólo traía una moneda de cinco pesos. Claro: mi cartera (y mi celular) estaba en mi mochila, ¡en el guardarropa de la fiesta!, horror. Y entonces me acordé de qué otra cosa estaba ahí: ¡mi cámara! Ahí sí de plano no me pude aguantar, y lloré y lloré y lloré, hasta que pensé "Seguro me veo como darketa borracha" y me dio risa.

Total, traté de calmarme, y después de darle varias vueltas llegué a la conclusión de que sólo podía hacer una cosa: tragarme lo poquito que me quedaba de

orgullo (o dignidad o lo que fuera), e ir por mi cámara y el resto de mis cosas a la fiesta.

Todavía tardé otro rato en volver porque no conocía bien el rumbo y después de estar baboseando por las calles cercanas medio me perdí, pero cuando al fin llegué, la fiesta estaba a todo lo que daba. Para nada parecía que estuviera pensado acabar a las diez. Ya no cabía más gente, y la mayoría de los que estaban cerca de la entrada no estaban ahí cuando yo había huido cobardemente. Ni la chava de la paquetería era la misma con la que había dejado mis cosas. De todos modos, le di la ficha y me dio la espalda para buscar mi mochila. Luego volteó a verme con cara de susto.

—¿Seguro dejaste algo? —me preguntó.

—¡Pues claro! Si no, ¿cómo es que tengo la ficha?

Me miró como si le estuviera hablando en chino y volvió a meterse debajo del mostrador a buscar entre las cosas que había. Se asomó de nuevo, muy seria.

—Es que no está. ¿Qué es?

—¡Mi mochila! ¡Con mi cartera, mi celular y mi cámara! ¿Cómo no van a estar? ¡Revisa bien! —le grité ya un poquito histérica.

—A ver, espérame tantito —me contestó, y se fue a buscar a alguien.

Regresó con Mac, quien me echó un choro de que qué bueno que estaba yo bien, que se habían quedado muy preocupados y blablablá. Yo no le creía nada, obvio, pero tampoco me importaba: lo que quería era mi cámara. Le dije y ella se hizo a un lado, habló tantito con la chica del guardarropa y regresó conmigo.

—Mira, tía: que seguro por aquí está porque el único modo de darle a alguien un paquete sin la ficha es que sepa exactamente qué tiene dentro, así que deja vemos. Tiene que aparecer. Seguro el lunes te la llevo a la escuela o vemos cómo resolverlo. ¿Por qué no mejor te vas a casa y descansas? No te ves muy bien, guapa.

Pensé que tal vez RoToño o Alex se habían llevado mi mochila. Sentí frío de imaginar que podría haber sido Adoración. Y como si la hubiera invocado, la vi. Estaba junto a las mamparas, con cara de disgusto. No tenía nada que perder, así que me le acerqué.

—Ya párales a tus jueguitos, Adoración. ¿Me vas a dar mi mochila o qué?

Ella se me quedó viendo con unos ojotes como si fuera yo la novia de Frankenstein. Miró a todos lados, pero nadie nos pelaba.

—Es en serio: ¿dónde está mi mochila?

—¡Yo qué sé! ¿Tú crees que eres tan importante para mí? ¡Ya supéralo!

Eso sí me sacó un poco de onda. ¿No era ella la que estaba toda obsesionada conmigo?

—A ver: ¿no fuiste tú quien armó todo este numerito para humillarme? —insistí.

—No seas tonta. Sí, yo conseguí el lugar y le dije a Mac de la fiesta, pero era para trabajar con Rodri, nada que ver contigo.

Cada vez entendía yo menos.

—¿Entonces no fuiste tú quien cambió mis fotos?

Se carcajeó.

—Ay, bueno, eso sí lo hice yo. Pero no lo tenía planeado, tarada. Estaba poniendo las marialuisas y vi la foto del ombligo y vi tu sobre y me pareció divertido. Bueno, y seguro que eso no te iba a dar puntos con Alex, ¿verdad?

Otra vez me dieron ganas de vomitar.

—A ver, que quede claro: mi papá es dueño de este changarro y Alex quiere dar clases de foto aquí. Lo convencí de ayudar en la fiesta a cambio de eso y él solito decidió no decirte nada para que no hicieras panchos.

—No te creo nada…

—Pues pregúntale —me respondió encogiéndose de hombros—. Si es que te vuelve a dirigir la palabra, claro. Creo que no le gustan las borrachitas.

Y se dio la vuelta. Me daban ganas de agarrarla a patadas o algo, pero era más importante encontrar mi cámara y, tóxica, sangrona y mensa como era Adoración, me quedaba claro que no había sido ella quien la había agarrado: no era su estilo y, además, por lo

visto sentía que ya me había derrotado o algo así, por haberme dicho todo lo que me había dicho. Pero entonces, ¿quién se había llevado mi mochila?

Miré a mi alrededor: Alex ya no estaba, Poupée y Manu tampoco. La borrachera se me estaba bajando, pero en cambio tenía la boca seca, seca y un dolor de cabeza horrible. Pregunté la hora: eran las nueve veinticinco. ¿Cómo me iba a ir a la casa si no traía dinero?

Entonces, de algún rincón, salieron RoToño y Dañina. Los dos estaban bastante más borrachos que antes y con cara de haber discutido.

—¡Qué bueno que regresaste! —dijo RoToño. O bueno, más bien dijo algo como *rrregrrssassste*.

—Toño, ¿tú tienes mi mochila? —era mi última esperanza.

—¿No la *djasssste* en la cajuela?

—Ya no le sigas el juego a esta *moshquitamuerta* —le dijo Yanina, pero ni caso le hice porque la cosa se estaba poniendo muy, muy fea.

Ya que le expliqué a Toño lo que había pasado, se ofreció a llevarme a casa de mis abuelos. Yanina dijo que ella se la estaba pasando muy bien y que todavía no quería irse, y él dijo que me podía llevar y luego regresar por ella. ¡Ja! No había terminado de decirlo

cuando ya estaba trepada en el coche. Y pues me subí también. "Capaz que llego a casa a tiempo, les digo a mis abuelos que estoy muerta de cansancio y no se dan cuenta de nada", pensé. Si lo lograba, hasta iba a tener tiempo de encontrar la cámara o pedirle a mi papá prestado para otra, o algo. Sólo necesitaba un poco de suerte.

Y la tuve. Pero mala, porque tres cuadras adelante nos detuvo una patrulla. Los policías luego luego se dieron cuenta de que RoToño estaba servido y uno dijo que iban a tener que consignarlo: el coche al corralón y él a los separos. El otro propuso que los ayudáramos a ayudarnos, que sabían cómo era uno de joven y quién sabe qué más.

—Oiga, poli, pero nosotras ya nos podemos ir, ¿verdad? —le interrumpió el discurso Yanina—. Digo, yo no venía manejando y tomar en una fiesta no es delito, ¿o sí?

Los policías se sorprendieron; seguro esperaban que fuéramos solidarias. Como ninguno dijo nada, Yanina se bajó del coche y se subió al primer taxi que pasó.

—Tú también vete, Isa —me dijo Toño—. Yo me arreglo con los oficiales.

—¿Y cómo me voy si no tengo un peso? —le pregunté—. ¿Me vas a dar para un taxi? ¡Tenía que llegar a las nueve y media, mis abuelos me van a matar!

—¡Yanina se llevó mi cartera en su bolsa! —dijo Toño, y entonces se acordó de algo más: —¡En la madre, mi licencia!

—Huy, no me diga que no trae licencia, joven. Manejando bajo el influjo de bebidas alcohólicas, sin licencia, y se me hace que la señorita es menor de edad, así que lo podemos acusar de perversión de menores…

—Oiga, no. ¡Él no me pervirtió! ¿No hay algo que podamos hacer? —le dije, toda asustada.

—Aquí está mi cartera —dijo aliviado Toño: estaba en su chamarra, dah. Pero aunque sí traía licencia, no tenía ni un peso, así que estábamos en las mismas.

Pensé en pedirle prestado para el taxi al policía buena onda, pero seguro me iba a mandar a volar. Yo creo que mi cara de angustia era de colección, porque el policía estricto empezó a regañarme:

—Pinches chamaquitas desobligadas, si fueras mi hija ya te habría metido en cintura. Eso pasa cuando los papás las dejan hacer lo que se les da la gana: terminan causando problemas para la ciudadanía. Yo digo que la consignemos.

El otro policía le dijo que se calmara, que no era para tanto, y entonces me dijo a mí:

—¿Ya ves, *mija*? Éstas no son horas para andar en la calle, y menos así… y menos con alguien en estado de ebriedad… ¿Qué van a decir tus papás?

—A ella déjenla en paz —dijo Toño—. Ya, si me tienen que llevar a la delegación, pues vamos.

—Pues vamos —dijo el policía mala onda.

—¿Puedo ir con ustedes? ¿O me prestarían un teléfono para avisar en mi casa y que vengan por mí? —eso lo dije yo. ¿Qué otra me quedaba?

Total, los policías dejaron que usara yo el cel de Toño pero no quisieron esperar ahí a que me recogieran, así que nos fuimos todos a la delegación y ahí tuvo que llegar mi abuelo por mí.

En la delegación, a Toño lo metieron a los separos, pero a mí me sentaron en una oficina y ahí me dejaron. Cuando fueron por mí, mi abuelo ya había estado discutiendo con el responsable de ahí y estaba súper enojado.

—Llévesela, señor, y tenga más cuidado —le dijo el agente.

Mi abuelo estaba súper tenso, y la sonrisa con la que agradeció el consejo era falsísima.

—Abuelo, yo... —traté de disculparme.

—Súbete al coche y luego hablamos.

Ya en el coche, suspiró.

—¿Estás bien?

Asentí con la cabeza.

—¿Y tus cosas? ¿La mochila, la cámara?

—Creo que las perdí en la fiesta...

—¡Ay, Isabel, ¿cuál fiesta?! ¿Y quién era ese joven con el que te detuvieron? ¡No esperaba esto de ti!

Quería explicarle todo pero no me dejó:

—Mira, ahorita ni caso tiene que hablemos. Mañana platicamos.

—Pero abuelo, yo...

—Mañana platicamos —insistió. Se notaba que estaba haciendo un esfuerzo grande por mantenerse tranquilo. Ya no dije nada más: nos quedamos todo el resto del trayecto en silencio. Al llegar a casa me subí a mi cuarto sintiéndome un insecto despreciable y me quedé dormida pensando en que, ahora sí, estaba sola, sola, sola.

Raquel Castro

¡Hay tiempo! ¡Hay tiempo!

Manuel Álvarez Bravo

26

DESPERTÉ CON UNA SED tremenda y un dolor de cabeza todavía más feo que el de la noche anterior. En cuanto abrí los ojos me acordé de todo lo que había pasado y tuve ganas de que se abriera la tierra y me tragara. Vi la hora: eran las nueve de la mañana. Me llegó un olor como a huevo con chorizo que hizo que se me retorcieran las tripas de hambre, pero en cuanto empecé a salivar me dio un asco terrible.

Corrí al baño, cruzando los dedos con la esperanza de no encontrarme a mi abuelo o, peor, a mi abuela, en el pasillo.

Me veía peor de lo que imaginé: todavía con la ropa del día anterior, estaba toda despeinada y traía unas manchas de rímel espantosas por toda la cara. Me metí a bañar; con el agua caliente me relajé un poco y pude poner en orden mis ideas.

Pensé que, para empezar, no todo era mi culpa: yo no había escondido mi mochila ni le había dado el vodka al tarado de Toño, ni le había pedido que llevara

al engendro de Dañina. Pero también pensé que nada de eso les iba a importar a mis abuelos y que, la verdad, sonaba a excusa chafa, así que lo mejor que podía hacer era aceptar el castigo que me pusieran sin repelar, aunque fuera injusto tener que pagar yo todo el pato.

En segundo lugar, si la cámara no aparecía, tenía que ofrecerme a buscar un trabajo y reponerla, ya fuera para quedármela o para pagársela a mi abuelo. También tenía que preguntarle si había pagado una multa o algo y ofrecerme a reponérselo. Nomás de pensar en esa parte me daba una vergüenza horrible, chale.

Y tercero: tenía que arreglar todo lo arreglable. En especial con mis abuelos y con Poupée y Manu, porque sí los extrañaba un buen. Por supuesto que, por mí, también arreglaría las cosas con Alex, pero eso lo veía muchísimo más difícil, y eso que él también me había mentido con lo de la fiesta, ¡méndigo!

Salí del baño más nerviosa que antes, pero decidida a hacer bien las cosas. Me vestí lo más modosita que pude y hasta me peiné de media cola para verme tan decente como fuera posible. Y entonces bajé a *enfrentar la ira de mis abuelos*, ni modo. Sonaba a título de película pero de tan mal que me sentía ni siquiera me pude reír.

A media escalera me dio una punzada en el estómago: ¿mi abuelo le habría contado todo a mi abuela?

Brrr. Sólo había una forma de descubrirlo. Respiré hondo y seguí bajando.

Los dos estaban en la sala, sentados en el sillón, mirando atentamente la escalera. Era como en unos quince años, que la festejada va bajando entre el hielo seco mientras todos la ven con cara de *qué guapa se puso la niña*, nomás que en versión mal plan. ¿Qué se hace en esos casos? ¿Miras a las personas a los ojos y les sonríes? ¿Clavas la mirada en el piso con carita de *estoy muy arrepentida*? ¿Te das la media vuelta y te encierras en tu recámara hasta morir de hambre?

—Buenos días... —dije. La voz me salió temblorosa y débil, creo que hasta con gallos.

—Ven y siéntate —contestó mi abuelo, súper seco.

Obedecí y me senté enfrente de ellos. Las manos me sudaban un montón y las sentía pegajosas.

—Estamos decepcionados, Isabel. Te dimos toda nuestra confianza, te tratamos como adulta y nos fallaste. Haber perdido la cámara es lo de menos. Lo realmente grave es que nos hayas mentido y que te hayas portado de una forma tan irresponsable. ¿Te imaginas si te hubiera pasado algo?

Por más que me esforcé en tragarme el nudo en la garganta, se me empezaron a escurrir las lágrimas. Abrí la boca para decir algo, pero ¿qué podía responder? Lo peor es que no podía sostenerles la mirada. De pronto nomás levantaba tantito la mirada, pero

verlo a él tan enojado y a la abuela tan callada era horrible.

—Una cosa es quedarte toda la tarde con tus amigos y decir que estás haciendo tareas, y otra es terminar en la delegación por haberte ido a beber quién sabe con quién —siguió mi abuelo. Dicho así sonaba horrible, y me sentí todavía más basura—. Vamos a llamar a tus papás para que vengan por ti. Nosotros no sabemos cómo lidiar con esto —dijo el abuelo.

Aunque desde la noche anterior me temía que eso pudiera pasar, no estaba preparada para oírlo y, lo que sea de cada quién, me dolió gruesísimo, peor que si me hubiera mentado la madre o me hubiera dado una cachetada.

—¡Eso sí que no!

De la sorpresa levanté la mirada: mi abuela estaba pálida y con los labios fruncidos de enojo, pero no me veía a mí sino a él.

—Ya sé que quedamos que no nos íbamos a contradecir enfrente de la niña pero… ¡eso no es en lo que quedamos! —dijo.

Mi abuelo la miró tan sorprendido como yo.

—Sí, Isabel cometió un error, ¿pero a quién no le ha pasado? ¿Ya no te acuerdas de cuando nos fuimos sin permiso a la marcha aquella que terminó en corretiza? ¡También a ti te tuvieron que ir a sacar de los separos!

—Carmen, no fue igual, y definitivamente no es el momento... —trató de callarla mi abuelo, pero ella ni caso le hizo.

—En el 68, tu abuelo y yo estábamos en el Comité de Huelga estudiantil sin permiso de nuestros papás —me dijo ella sin poder reprimir del todo una sonrisa orgullosa.

—Es distinto, Carmela... —insistió el abuelo.

—¿Y no te acuerdas de cuando te llevaste sin permiso el coche de tu tío Lázaro a Acapulco y lo volteaste en la carretera? ¡Si hasta te rompiste una clavícula!

—¡Más a mi favor! Casi me mato por mi torpeza. Imagínate si le pasa algo a Isabel: ¿con qué cara les decimos a sus padres?

—Yo no estoy diciendo que lo que hizo estuviera bien —respondió mi abuela, y me miró con mucha seriedad—. De hecho cometiste una infracción muy grave, muchachita.

—¡Es lo que yo digo! —le respondió mi abuelo.

—¡No me interrumpas! —siguió ella—. A lo que voy es: Isabel cometió un error y va a tener consecuencias, pero eso no quiere decir que sea una mala muchacha o que le debamos negar una segunda oportunidad. Si con nosotros pasó esto, ¿cómo esperas que le vaya con sus padres, brincando de país en país? Todos nos equivocamos, Andrés. Y a veces, ser demasiado estrictos es un error que se paga caro. Si lo sabré yo.

Eso último lo dijo con la voz entrecortada. Obviamente estaba pensando en mi tía Sofía. No me pude contener y me levanté del sillón de los acusados y la abracé. Las dos nos soltamos llorando y mi abuelo nada más nos miraba sin saber qué hacer. Creo que él también tenía ganas de llorar, pero nada más me abrazó mientras yo abrazaba a mi abuela y se quedó ahí mientras nosotras seguíamos chille y chille. Posiblemente habría seguido llorando toda la vida si no se me hubieran empezado a aflojar los mocos. Me choca que pase eso, porque tienes que sorberlos o sonarte o algo, pero de que te cortan la inspiración, te la cortan. Mi abuelo me pasó un kleenex y medio pude controlar el goteo de la nariz, y como que sirvió para que me bajara un poquito la histeria. Cuando levanté la cabeza, mi abuela también tenía su kleenex en la mano y se cubría pudorosamente la nariz.

Mi abuelo rompió el silencio, que se estaba volviendo muy incómodo:

—¿Y qué vamos a hacer? —suspiró—. Aunque Isabel esté arrepentida, lo que hizo estuvo muy mal.

Yo asentí con la cabeza: sí, estaba arrepentida; y sí, entendía que lo que había hecho iba a tener consecuencias.

—Pues sí, va a tener que ganarse de nuevo nuestra confianza —admitió mi abuela, todavía limpiándose la nariz—. Pero eso no va pasar si no le damos la oportunidad.

Mi abuelo se quedó pensando mientras se rascaba la barbilla.

—Por esta ocasión no les diremos a sus papás —dijo—. Propongo que la propia Isabel decida cuál va a ser la sanción.

Mi abuela sonrió y me miró con una expresión de buena onda que nunca le había visto y que me dio confianza. Realmente me hacía falta. Elegir uno mismo su castigo es muchísimo más complicado de lo que parece: no es como cuando un maestro barco dice que cada quién decida cuánto merece de calificación, que es chafísima, la verdad, porque los matados que siempre sienten que no hacen lo suficiente se sacan de onda, les gana la modestia mal plan y piden un ocho, mientras que los cínicos exigen su diez y ni se inmutan, y al final lo que uno se haya esforzado o lo que haya aprendido vale queso.

Así que ahí estaba yo, toda cruda, después de haber llorado, sintiéndome cucaracha y tratando de pensar en un castigo que fuera justo pero no muy pasado de lanza. Tampoco iba a decir algo tipo que mi castigo sea regresarme derechito de la escuela todos los días en lo que queda del curso escolar y no ir jamás a ningún lado (¡todavía no eran ni las vacaciones de Navidad!), y una cosa era que en ese momento no tuviera yo con quién ir a pranganear y otra que así fuera a seguir para siempre: ¿qué tal que me reconciliaba con Poupée y Manu o con Alex, o conocía a alguien más, o me hacía amiga

de Mac, o todas las anteriores? Digo, soñar no cuesta nada.

—Mira, vamos a desayunar y piénsalo con calma —dijo mi abuela Carmen—, para que lo que propongas sea sensato.

Mi abuelo estuvo de acuerdo:

—En la tarde, después de comer, lo retomamos. ¿Está bien?

Asentí con la cabeza y mi abuela se fue a la cocina a hacer el desayuno. Mi abuelo y yo nos quedamos en la sala, calladitos, evitando que nuestras miradas se cruzaran.

—Te juro que estoy muy arrepentida —le dije.

—Lo sé —me contestó—. Pero no tenemos que platicar de eso ahora, si no quieres.

—Es que sí quiero. Me gustaría contarte.

Hasta yo me sorprendí de haberle dicho eso. Pero me di cuenta de que era verdad: quería contarle… Bueno, una versión editada, claro. O sea, no iba a describirle los besos de Alex ni tenía caso hacer una lista de todas las mentiras que le había dicho en las últimas semanas (que no eran tantas, digo yo, porque se podían resumir en una sola: decir que iba a hacer *equis* o *ye* cuando en realidad iba a estar con Alex); pero sí quería hablar con él y platicarle de cómo estaban enojados conmigo Manu y Poupée o de las estupideces de Adoración. Es más, hasta quería preguntarle si tenía razón en haberme enojado con Alex por no

haberme dicho que su *trabajo* del fin de semana era con Choni.

Pero en eso nos llamó a desayunar mi abuela (qué bárbara, ¿cómo hace para cocinar tan bien y tan rápido? Yo hasta con las Maruchan me tardo horrores y me quedan insípidas).

—¿Te lo puedo contar luego? —le pregunté.

—Cuando quieras, hija —me dijo, y se me hizo un nudo en la garganta *otra* vez—. No olvides que te queremos mucho.

Desayunamos chilaquiles muy picosos. Cuando vio el platillo, mi abuelo le echó una mirada a mi abuela como de enojo, pero ella le hizo ojitos de *no seas así* y los tres comimos sin mencionar nada de lo que había pasado. Tampoco hablábamos de otra cosa, pero el ambiente se sentía menos tenso que hacía un rato en la sala. Ahí me di cuenta de algo más que nunca se me había ocurrido: mis abuelos se quieren un montón. De hecho, nunca había visto que se contradijeran o que discutieran antes de ese momento en la sala. Qué mal rollo: su primera discusión en siglos y había sido por mi culpa.

Iba a ofrecerme a lavar los trastes cuando sonó el timbre.

—¿Puedes ir a ver quién es, hija? —me preguntó la abuela.

Le agradecí con la mirada y escapé de la cocina: aunque fuera un vendedor de puerta en puerta o un encuestador, cualquier cosa sería preferible a estar con mi cara de mensa y mi sentimiento de culpa junto a ellos. Que se estuvieran portando tan bien no hacía más fáciles las cosas.

Tan contenta estaba de haber salido de ahí que ni pregunté quién era antes de abrir la puerta, así que me topé de frente con Manu y Poupée.

Cuando tomo una fotografía me siento
capaz de sorprenderme con la vida. Me
apasiona y me hace feliz.

Graciela Iturbide

27

—**MUJER, ¿ESTÁS BIEN?** —preguntó Manu tras un silencio que a mí me pareció larguísimo. Por lo visto era el día de los silencios incómodos, qué caray.

Asentí con la cabeza y les hice una seña para que me esperaran un momento: nunca había estado en una situación así y no sabía si mis abuelos se pondrían punks si dejaba entrar a mis amigos o qué. Nomás asomé la cabeza y grité:

—¡Abuelo, son Manu y Poupée! ¿Puedo platicar con ellos un rato?

Poupée y Manu intercambiaron miradas de *la cosa ha de estar color de hormiga*. Y pues sí, así estaba justamente. Por suerte mi abuelo respondió:

—Un rato.

Eso no me aclaraba si podían entrar o qué, pero Manu, que por lo visto era experto en esas cosas, se pasó delante de mí y se asomó a la cocina.

—Buenos días, señora. Buenos días, señor. Muchas gracias por recibirnos, no estaremos mucho tiempo.

—Buenos días —agregó Poupée desde el pasillo, y luego me dijo quedo—: ¡A tu cuarto, rápido, antes de que reaccionen!

Subimos a mi recámara y yo todavía estaba toda sacada de onda. Hasta el momento en que se aplastaron en mi cama me di cuenta de que Manu venía de camisa y que Poupée traía una playera blanca y jeans azules. ¡¿Habían hecho eso por mí?!

—No nos veas así, obvio que nos disfrazamos para que tus abuelos nos dejaran entrar —adivinó Poupée.

—Ya sabes que es mi arma secreta —agregó Manu—. Pensamos que estarías castigadísima pero que, en una de ésas, si teníamos facha de gente decente nos dejarían verte aunque fuera tantito.

—Pero no es tan grave, ¿verdad? —preguntó Poupée—. Digo, tu abuelo te contesta si le hablas y no estás encerrada en un calabozo…

—Se me hace que le cortaron la lengua, Loop. Vela, está toda callada —le respondió Manu.

—¡Es que ustedes no paran de hablar! —dije por fin—. Y… bueno, la verdad es que estoy sacadísima de onda. Pensé que me odiaban.

—¿Tus abuelos? —preguntó Poupée, intrigada.

—¡Ustedes! —respondí casi gritando.

Intercambiaron una mirada como de *ésta ya enloqueció* y se empezaron a carcajear. Yo no sabía si reírme o correrlos, así que esperé a que se calmaran.

—Nel, hija. Estás bien güey —dijo Manu.

—Qué fino, ¿eh? —le dijo Poupée, y se pusieron a burlarse uno del otro como siempre.

—¡Oigan! Pélenme, ¿no? —tuve que gritar para que me hicieran caso.

Al fin se estuvieron en paz y me explicaron:

—Pues más bien pensamos que te sentías hostigada, mujer. O sea: vienes de ser súper solitaria y todo eso, y pues obvio habrá cosas que no te guste contar o querrás darte tus tiempos, yo qué sé —dijo Manu.

—Yo sí me sentí, la neta— dijo Poupée—. Pero Manu me dio mis zapes.

—Le dije que todos tenemos nuestros ratos, como cuando ella anduvo con el baboso de Priego.

Poupée le sacó la lengua a Manu y continuó:

—Cuando nos dijeron de la fiesta y supimos que Alex estaba con los organizadores, asumimos que él te iba a invitar, por eso ni te dijimos nada.

—Y cuando te vimos allá, pues como que sí se notó que estabas... ya sabes —dijo Manu haciendo el ademán de empinar la jarra.

—Qué oso— respondí, escondiendo la cara entre las manos.

—No es para tanto, otros se pusieron peor. ¿A poco es la primera vez que te echas tus *drinks*?

—Pues no... o sea, ya me había echado que la chela, que el tequilita... sí me había mareado alguna vez... Una vez me puse fatal en casa de Suza, de vomitar y toda la cosa, pero nadie se dio cuenta.

—Seguro tu guácara era invisible, ¿no? —se burló Manu.

—O sea, ni la mamá de Suza ni mis papás, menso.

—*Anyway* —dijo Poupée—, no fue un oso porque no bailaste encuerada en las mesas ni te peleaste a golpes con nadie ni nada. Lo que sí, se notaba que estabas pasando un mal rato. ¿Quiénes eran los tortolitos ésos con los que estabas?

—Ésos sí, ¡qué bárbaros! Después de que te fuiste se dieron un agarrón de aquellos. Cuando nos fuimos todavía estaban discutiendo, hueva mil.

—¿Quiénes son? —insistió Poupée.

Y les conté todo. De Alex, su fin de semana "de trabajo", RoT, la novia *psycho* de RoT, la llegada a la fiesta, el vodka...

—Y lo peor es que perdí mi cámara —me lamenté.

—¡Güey! ¡A que ya se te había olvidado! —le dijo Manu a Poupée y le dio un zape en la frente.

—¡Güey tú! —y le devolvió el zape antes de decirme—: cuando saliste corriendo tratamos de alcanzarte, pero quién sabe dónde te metiste.

—Pero me di cuenta de que te habías ido sin tu mochila —dijo Manu.

—¡No seas mentiroso! ¡Tú nada más tenías ojos para tu noviecito!

—¿Noviecito? —pregunté yo.

—Pérate, orita te contamos eso —continuó Manu, sin poder reprimir una sonrisa traviesa—. El chiste es

que te fuiste, ya pasadilla de copas, ¿verdad?, y acá Loop pensó que varios de los organizadores tenían cara de rancios... o sea, no es que uno desconfíe pero ¿para qué dejarles tentaciones? Y entonces fuimos a buscar a esta chava Mac, y la vimos que estaba discutiendo con la que consiguió el espacio pa la fiesta. ¡Y a que ni sabes quién era!

—Ya lo sé, no me han dejado contarles de cuando regresé y mi mochila no estaba en la paquetería y le dije dos tres cosas a Adoración —me quejé.

—Huy, ¿regresaste? —preguntó Poupée, nerviosa.

—¿Ves? ¡Te dije que no fuéramos metiches, Loop!

—¡No es ser metiche cuando uno se preocupa por una amiga, Manuel Fernando!

—No sean así y sigan contándome —lloriqueé (pero tomé nota mental de eso de *Manuel Fernando*: luego iba a dar *muuucha* lata con esa información).

—El chiste es que las escuchamos hablar y nos enteramos de que el lugar es del papá de Chonita y que Alex va a dar clases de foto ahí, y pues decidimos sacar tus cosas, no te las fueran a hacer perdedizas —dijo Poupée.

Manu abrió su mochila y sacó de ahí la mía. ¡Ah, qué emoción me dio! Pero al mismo tiempo...

—¿Y cómo le hicieron para que se la dieran? ¡Yo tenía la ficha!

—Dije que era mía —dijo Poupée, sonriente—, que había perdido la ficha y nomás me preguntaron

qué había adentro. Estaba bien fácil: una cámara de fotos pro, una cartera de Badtz-Maru, hartas envolturas de comida chatarra… y ya, con eso me la dieron.

Me sorprendió la irresponsabilidad de la chava de la paquetería: ¡ni siquiera preguntó la marca o el modelo de la cámara! También me sorprendió que Poupée supiera qué cosas cargo y hasta conociera mis hábitos raros: siempre traigo envolturas porque cuando no encuentro dónde tirar la basura la guardo en la mochila, y luego se me junta porque olvido vaciarla…

—¿Y por qué no me avisaron antes? —me quejé mientras abrazaba mi cámara como si fuera un oso de peluche.

—Manu tuvo la genial idea de mandarte mil mensajes al cel, y como no nos contestabas te empezamos a marcar.

—Y como a la quinta llamada nos dimos cuenta de que tu teléfono estaba en la mochila, ¡dah! —dijo Manu.

El *dah*, por supuesto, lo hizo en tono de *qué mensa*, aunque bien podía ser de *qué mensos*. No me pude quedar con las ganas y se lo dije:

—¿En serio tardaron *tanto* en darse cuenta de que cuando marcaban mi número *algo* sonaba en *mi* mochila?

—Equis, somos chavos —dijo Manu.

—Bueno, la verdad es que había mucho ruido y entonces tu RoTazo-con-hueso se empezó a pelear con la novia y ya mejor nos fuimos.

—Ésta quería venir a buscarte ya desde ese momento, pero la hice entrar en razón: mejor esperar a que pasara la madrina que tus abuelos te iban a poner.

—Aquí no me fue tan mal, la verdad, pero lo demás sí estuvo de terror —y les conté el resto de la noche.

Entonces mi abuelo tocó la puerta:

—Jóvenes, ¿se van a quedar a comer? —les preguntó a Manu y Poupée, mega serio y nada invitador. Los tres entendimos luego luego la indirecta.

—Muchas gracias, señor —dijo Manu, todo corrección, abriendo la puerta—, pero no queremos abusar. Nada más le trajimos a Isabel su mochila, que se había traspapelado ayer.

Mi abuelo sonrió por primera vez desde la noche anterior y hasta les insistió en que se quedaran, pero Manu y Poupée dijeron que mejor otro día y huyeron. Cuando me dio el beso de despedida en la mejilla, Poupée dijo quedito, como era su costumbre:

—El lunes te contamos del romance de Manu, que está bien bueno el chisme.

Cuando me quedé sola, saqué mi celular de la mochila. Tenía un montón de mensajes de Poupée y de Manu y sus cinco llamadas perdidas. También había varios mensajes de RoToño:

RoT

en línea

> **RoT**   23:47
>
> Todo se arregló con los polis. Suerte que no fue el alcoholímetro. 😎

> **RoT**   23:52
>
> Oye, y entiendo que estés enojada. No era mi intención llevar a Yanina, te lo juro. ☹️

> **RoT**   23:52
>
> Espero que podamos seguir siendo amigos. 😕

> **RoT**   23:52
>
> Y quién sabe???? En una de esas más adelante pasa algo más, no?

—Ajá, seguro —dije mientras borraba sus mensajes y, ya encarrerada, su contacto.

También había un mensaje de Alex:

> **Alex**   21:33
> Tenemos que hablar. ¿Nos vemos el lunes después de clases en las canchas?

Uff. Sonaba a que me iban a mandar a la chingada directo y sin escalas. Ni modo; le contesté nomás un *ok*. Ni caso tenía decir "Chin, la regué" o "Perdón, pero tú también te viste mal" o cualquier otra cosa.

Ah, también tenía dos mensajes de Macarena. En uno me decía que se habían dado cuenta de que Adoración había cambiado mis fotos porque la autora de la del ombligo había reclamado, así que nunca iban a volver a hacer cosas con ella (con Adoración, no con la del ombligo). En el otro, que la chava del guardarropa ya se había acordado de a quién le había dado mi mochila y que al parecer era una amiga mía; que esperaba que ya me la hubieran dado y que por favor le avisara para que no estuviera con la pena. Le contesté luego luego: la verdad es que nada era su culpa y se había portado buena onda conmigo, lo que sea de cada quien.

Bajé a comer cuando me llamaron mis abuelos y volví a disculparme con ellos. Les conté a grandes rasgos que había creído que Poupée y Manu estarían enojados conmigo, la historia de RoT (esa parte me dio mucha vergüenza) y la bromita de Adoración.

—Pero sé que nada de eso quita que estuvo mal lo que hice. Ya lo súper pensé y de veras que no me quiero ir con mis papás, pero por más vueltas que le doy no se me ocurre cuál podría ser mi castigo, así que lo que ustedes decidan lo voy a aceptar sin repelar.

Lo decía en serio. Había pensado en pedirles a Poupée y Manu sugerencias de qué castigo proponer, pero entre tanto chisme ya no nos dio tiempo.

—Bueno… yo había pensado en que consiguieras un trabajo por las tardes para pagar la cámara, pero como al final no se perdió, creo que eso no será necesario —dijo mi abuelo.

—Por no decir que es más importante la escuela —le contestó mi abuela—. Yo diría que nada de salidas en las tardes hasta que veamos tus próximas calificaciones parciales.

—Pero que sean buenas calificaciones, por supuesto —agregó él.

Asentí con la cabeza.

—Además, nada de fiestas, alcohol ni mentiras —siguió él.

—¡Prometidísmo! —respondí.

Con la cruda del vodka del día anterior, la sola idea de volver a tomar me daba náuseas.

—Y si vas a empezar con noviecitos, te tienen que visitar aquí en la casa. En la sala: nada de llevarlos a tu recámara. Y mucho menos eso de andar manoseándose en la calle —dijo mi abuela.

Luego luego sentí cómo me ponía rojísima: *casualmente* no les había contado lo de Alex, pero por lo visto a doña Carmen no se le va una. De todos modos, Alex estaba a punto de batearme y yo no me sentía con ganas de intentar una nueva relación (a menos que Macarena me presentara a uno de sus amigos de sexto, claro). Crucé los dedos tras la espalda pero nomás tantito, como en plan preventivo tipo *¿qué tal que me presentan al darketo más guapo del mundo y yo le gusto?* Ni modo de llevarlo a la sala de mi abuela o disfrazarlo con camisa como Manu.

En todo caso, tampoco pensaba en llevarme a mi cuarto a un fulano o estar dando show en la calle. ¡Para eso están las canchas de la escuela! Así que, básicamente, estaba de acuerdo con todo lo que habían dicho mis abuelos. Hasta me parecía leve.

—También puedo lavar los trastes de la comida y la cena —dije.

Y en eso quedamos.

Esa noche, cuando hablé con mis papás por Skype, no los corté luego luego: les conté que había tenido un problema con gente de la escuela pero que ya estaba arreglado y que les daría todos los detalles cuando nos viéramos. También les dije que me la estaba pasando bien y que habían tenido razón al dejarme con mis abuelos. Eso les dio mucho gusto, aunque no sé si lo que les emocionó fue que estuviera contenta o que les diera la razón en algo. En todo caso, quedaron tan de buenas que prometieron que en las vacaciones me llevarían a Río de Janeiro.

Nunca dejaré la fotografía, porque es
mi vida.

Sebastião Salgado

28

EL LUNES EMPEZÓ tan tranquilo que parecía que todos los acontecimientos del fin de semana habían sido un sueño: la Ardilla no llegó a la clase de siete, así que Manu, Poupée y yo aprovechamos para acabar de ponernos al día. Me contaron que el galán de Manu, el flaquito de lentes, había decidido dejar de esconderse. Manu estaba en una nube.

—Se me hace que hasta vas a dejar de escuchar metal —me reí.

—Nel, hija. ¿Por qué crees que existen las *power ballads*? ¡Porque los *metalheads* también tenemos nuestro corazoncito!

Y nos hizo el ademán de la mano cornuta para que no se nos olvidara.

Yo les hablé de mi castigo. A Manu le pareció leve y a Poupée exagerado; concluimos que en promedio estaba bien. Nadie del salón había ido a la fiesta, excepto Adoración, que llegó tarde a clase vestida de faldita de mezclilla, suéter rosa y botas, estrenando

look de cabello güero con rayitos más claros, y ni siquiera nos volteó a ver. En cambio, estuvo todo el rato coquetéandole a Gerardo, uno de los chavos del equipo de futbol de la escuela.

La Pasita hizo un examen sorpresa, en el que me fue muy bien, a pesar de que estaba toda nerviosa porque ya casi era hora de encontrarme con Alex. Por cierto, Manu y Poupée me sugerían que en cuanto él llegara le hiciera un drama por mentiroso y lo mandara a volar, pero me pareció que ni al caso: el chiste no es botar al otro antes de que te bote. Haber pensado esto me hizo darme cuenta de que he cambiado un montón. A ver si no acabo el año siendo toda blandita.

Cuando terminaron las clases, justo cuando me iba para mi cita en las canchas (gulp), se me acercó Adoración. Traía cara de que le habían puesto un parche de Ritalín o de haberse tomado tres litros de té de tila… como que andaba calmadita.

—Oye, me dijo anoche mi abuela que encontraste tu cámara.

—Sí.

Le contesté así no por cortante, sino porque no se me ocurría qué más decirle.

—Qué bueno —y se dio la vuelta.

Supongo que eso fue lo más cerca que estuvo de disculparse. Pero está bien: ella por su lado, yo por el mío y cada quien con sus cosas.

Así que me fui a las canchas. Desde lejos vi a Alex sentado en las gradas que dan a la portería más alejada de los salones. Nada más lo vi y la panza se me hizo como si estuviera en la montaña rusa y hasta me dieron ganitas de llorar: se veía tan guapo con sus pantalones de mezclilla pegados, su suéter tejido que le llegaba a media pierna y sus Converse mugrosos… Pensé en darme la vuelta y correr a mi casa, pero eso era como cerrar los ojos para que los demás no te vean (o sea, no iba a servir de nada). Mejor caminé más rápido hacia él. Me vio cuando iba yo a medio camino, pero luego luego bajó la cabeza a mirar de nuevo el piso, así que tuve que llegar hasta donde él estaba.

Hacía frío: el vientecito de otoño se me metía por el cuello y me hacía estremecer a momentos. O a lo mejor era por los nervios, a saber.

Me senté junto a él y clavé la mirada en la cancha vacía.

—Hola —le dije.

—Hola.

Nos volvimos a quedar callados. Otra ráfaga de aire se me metió por el cuello. ¡Qué mal día para haberme hecho trenzas!

—¿Tienes frío? —me preguntó.

—Poquito —mentí.

Y otra vez nos quedamos callados.

Pensé en seguir el consejo de Manu y Poupée, cortarlo antes que él a mí, nomás para poder irme a un lugar donde no hubiera esas corrientes de aire, pero en vez de eso respiré hondo y dije:

—Oye, entiendo que me mandes a volar por lo que pasó. Nada más quiero que sepas que las cosas se me salieron de control y que lo siento mucho.

Él levantó la cabeza, sorprendido, y me miró con la boca abierta.

—¡Yo no te quiero mandar a volar! Pensé que tú me ibas a cortar por no decirte lo de la fiesta y eso.

—Pero es peor lo que hice yo, ¿no? O sea, te mentí, fui a la fiesta, me puse un poquito hasta la madre, hice un pancho…

—Bueno, sí, tú estuviste peor —admitió.

Nos reímos tantito y otra vez nos quedamos en silencio.

—Pero yo no te quiero perder —dijo después de unos minutos.

—¿Y a poco podrías confiar en mí como si nada?

Él se quedó pensando y, bien cobarde, en vez de decirme que obvio no, me preguntó:

—¿Y a poco tú podrías confiar en mí como si nada?

Me tardé en responder:

—A lo mejor ahorita no, pero ¿cómo te vas a ganar de nuevo mi confianza si no te doy la oportunidad? Además, todos cometemos errores.

Ya sé, me estaba fusilando palabra por palabra lo que había dicho mi abuela el día anterior, pero ¡es que sí es cierto!

—¿Empezamos desde el principio? —me preguntó.

Yo asentí con la cabeza. Vi la hora: si me apuraba, llegaría a casa antes de que mi abuela empezara a pensar que se me había olvidado nuestro trato.

—Me tengo que ir —dije.

Él nada más asintió con la cabeza y siguió mirando el piso. Vaya. Yo pensaba que empezar desde el principio sería poner reglas y límites, no actuar como desconocidos. Pero ni modo. No era momento para discutirlo (y con qué cara me iba yo a poner mis moños), así que me paré y empecé a caminar hacia la puerta de la escuela. Mi sombra iba adelante de mí, alargada, pasando encima de las hojas secas que ya se acumulaban al pie de los árboles. Se veía bonito: melancólico pero bonito. En eso, una sombra alcanzó a la mía. Me emocioné. Y más cuando escuché esa voz.

—Hola, te vi de lejos y me llamaste la atención. Soy Alex, ¿cómo te llamas?

Me detuve y lo miré. Estaba sonriendo y el *piercing* del diente le brillaba.

—Isabel, pero me dicen Izzy.

—Izzy, ¿vas a tu casa? Se nota que no eres de por aquí. Si quieres, te acompaño.

Nos reímos y seguimos caminando en silencio.

Dark Doll, de Raquel Castro,
se terminó de imprimir
en noviembre de 2014 en Quad/Graphics
Querétaro, S. A. de C.V.,
Fracc. Agro-Industrial La Cruz,
Villa del Marqués, Querétaro, México.

Dirección editorial, Yeana González López de Nava
Edición y cuidado de la edición, Laura Lecuona
Asistencia editorial, Carmen Ancira
Diseño gráfico y formación, Víctor de Reza
Ilustraciones, Elizabeth Juárez